不过一碗人间烟火

王文英——著
徐源遥——绘

黄山书社

图书在版编目（CIP）数据

不过一碗人间烟火 / 王文英著；徐源遥绘. -- 合肥：黄山书社，2023.9

ISBN 978-7-5737-0855-7

Ⅰ. ①不… Ⅱ. ①王… ②徐… Ⅲ. ①散文集－中国－当代 Ⅳ. ① I267

中国国家版本馆 CIP 数据核字（2023）第 156086 号

不过一碗人间烟火

BUGUO YIWAN RENJIAN YANHUO

王文英 著 徐源遥 绘

出 品 人 葛永波

责任编辑 张月阳

装帧设计 有品堂_刘 俊

出版发行 黄山书社（http://www.hspress.cn）

地址邮编 安徽省合肥市蜀山区翡翠路 1118 号出版传媒广场 7 层 230071

印 刷 安徽联众印刷有限公司

版 次 2024 年 1 月第 1 版

印 次 2024 年 1 月第 1 次印刷

开 本 880mm × 1230mm 1/32

字 数 113 千字

印 张 5.75

书 号 ISBN 978-7-5737-0855-7

定 价 36.00 元

服务热线 0551-63533706

销售热线 0551-63533761

官方直营书店（https://hsss.tmall.com）

序

我与文英有同乡之谊。这个“乡”，比字面上的意思还要近一些，几乎可以说是同村。她先生的老家与我老家相距三里地。夫妻俩在邻县工作和生活。有一次，她寻到我家来，陪我父母聊了聊天。我那天并不在。过了好久，我才知道来的人叫王文英。

又有一次，老家稻田有活动，嘉宾众多，她二话不说过来帮忙。她从邻县赶来，三四十公里路，虽不算远，终究是要腾出半天到一天的时间。活动结束，她不声不响就离开了。整个过程里，我们话也没有说上两句。

再后来，零星读到文英的几篇文章，篇幅不长，题材也常见，可用“家常味道”来概括。我跟文英说，这样的文章不错啊，继续写，多写。

很多文学爱好者对散文有误解，觉得散文很容易。小说写不了，诗歌摸不着，散文嘛下手都有，倚马可待，于是人人皆可写散文。另一些文学爱好者对散文也有误解，觉得非得是洪钟大吕、鸿篇巨制，才算是好散文，对短文精制、家常散文不屑一顾。

其实，家常文章，也是好文章的样子。

我给一本书《陪花再醉一会儿》做主编，想到文英写过一些美食文章，就向她约了一篇。她写猫耳朵、米爆糖、索面几种乡间小食，笔触之间，也都是日常生活的细碎温暖。

再后来，听文英说有一本散文集想出版，请我帮她看一看。这算是我第一次全面地了解她的散文创作状况。总体印象不变。文英的散文，一如其人，是真诚的。她的文字里少有虚饰、浮华，而是有一说一。她行文的节奏也好，如龙潭溪水，清浅缓慢地流淌。有这两个特点，文英的散文就有了自己的气息。

文英平日里忙于应付工作和生活，并非专事写作，真正投入创作的时间不算多。这其实也是大多数写作者的现实状况。这个年代，生活还是第一位的。生活过好了，文字才会好——才会有平和舒缓的节奏、宁静真诚的心意。生活终究都会反映到文字中来，对于散文，尤是如此。

家常文章的好处，亦是如此。见自己，才能见天地，见众生。

因为写得不多的缘故，文英早些年的有些文字，不算太好，我建议她从集子中删去。文字是修炼出来的。初学之时，莽莽撞撞，什么风格的文字都在尝试，有时便把新闻通讯的文字放进了散文中，或是把文史资料的内容也放进了散文中。这都是有益的。文字的修炼，需要时间。只有慢慢写，慢慢悟，才知道散文的“味道”是怎么样的。此时，再回头去看，就会对自己早先的文字不满意了。写散文这个事，急不来，唯有多读、多写一途也。

时常有文友来问出书的事。我是鼓励大家出书的。出书绝非功成名就后的总结，而是漫漫长路上的路标。有的文友，总希望等到自己的文章“完美”了再拿出来。其实，所谓“完美”的时刻，是永远等不到的。文章是创作者生命、生活状态的呈现，这后者是一条坚定向前的河流，把一个阶段走过的路、看过的景、想过的事，以及看待周遭人事的胸怀与眼光，悲与喜，得或失，在一本书里呈现出来。正因其“不完美”，你才会努力着，想着以后要写得更好一些，过得更好一些。

茶道里说，所谓茶道，是在我们都明知不完美的生命中，对完美的温柔试探。文艺与生活，是一体两面，相辅相成。文英的这本书，既有文艺的审美，也有生活的追寻，这些文字，就是她不懈追寻的成果。祝愿她，写得更多更好，也一步一步，更加趋近于那个美的目标。

是为序。

周华诚

2022 年 12 月 20 日

目录

第一辑 在乡间

第一辑

在乡间

石鼓露营记

是谁说，世界那么大，我想去看看？

可是身边的美，你又看过多少呢？

资深驴友老柴说，在浙江江山，如果你没有露营的体验，那么人生是遗憾的，而露营最佳的选择地就是石鼓村。

在一个夏天的午后，我们终于跟上了这支 20 多人的队伍，背上背包，先坐车后徒步去露营。一路上问题来了——

深山应该有烦人的蚊虫吧？

会不会有凶猛的野兽出没？

万一遇到我最害怕的蛇怎么办？

老柴拍拍胸脯：“有我们男人在，一切都不是问题！”

走进保安乡石鼓香溪景区，一路听着欢快的溪流声，走过一个又一个小瀑布，步行近一个小时后来到四面环山的古寺。老柴一声令下，大家就驻扎在古寺旁的一块平地上。

这时候夕阳西沉，百鸟归巢，天色渐暗，夜幕随之降临。

一片黑暗笼罩着山谷，依稀可见远处山的轮廓，淡烟雾霭模糊了山和天的界限，感觉只要登上其中任何一个山头，就能够遗世独立，羽化成仙。被群山围绕着，保护着，这片黑反倒让我觉得有点安心。戴上了头灯，却没有打开，就是想享受这种被黑暗包围着的感觉。青蛙们在溪边开始了洪亮的大合唱，此起彼伏，好不热闹。几个女生想拍几张夜景，打开了头灯，在溪边隐约飘过来的雾气下，照出一道道美丽的光线。

大家丢下手机，抛开网络，全身心地投入烧烤野炊中，篝火晚会结束时已经是晚上十一点，微风吹过，凉丝丝的，清爽爽的。老柴发话："美女们，没见过这么美的夜景吧？天是帐篷，地是床，和大自然融为一体，现在开始铺床吧，准备做梦！"

男生们开始忙碌：有的在营地四周喷洒杀虫剂，有的把长方凳（从寺里借来的）沿着营地四周围成一个圈。老柴要求所有帐篷的开口向内。搭帐篷比想象中的简单多了，很快，空地上就竖起了十多个面包似的帐篷。床（其实就是一张垫子和一个睡袋）也铺好了。男生的帐篷都设在外围，我们女生的则在营地的中间地带，被保护着。

我打开拉链钻进帐篷，里面很小，只能坐着换衣服，躺下来刚好能伸直双腿，床垫也就六十厘米宽。这个温馨的"小屋"，就像儿时那个安逸的摇篮。躺下来枕着双手，看满天繁星，它们正向我眨巴着眼睛，仿佛在说："嗨，你好啊！"这是"北斗七星"，那是"巨蟹座"……小时候也是在这样盛夏的夜，搬出竹床，搭个蚊帐，我们睡在月光下，听爸爸讲故事，数星星。而此时，二十多人，同在一片星光下，同睡在一片土地上，是否会做同一个梦呢？在这样的集体大宿舍里，没有担忧和恐惧，只有温馨和新奇。

也许大家都太兴奋了，我们女生丝毫没有睡意，有的躺在床上嘀嘀咕咕地聊天，有的还在溪边慢悠悠地洗漱。

突然，溪边传来惊恐的尖叫，声音响彻整个山谷，大家的心一紧。“出什么事了？”“快！快！快！”几个男生飞箭似的冲过去，我们一群女生在老柴“不要动”的命令下，急成一团，可是谁也不敢跨出营地半步，心提到了嗓子眼：“是小佳的声音,她怎么了？”哭声渐渐停止,男生们也回到了营地，奇怪的是小佳有惊无险，已经被背回来了，老柴却有事了——他被两个男生架着。原来在溪边洗漱的小佳遇到了蛇，老柴救人心切，跑得太快，把脚崴了，看来英雄救美还真的要付出代价啊！

天上繁星闪烁，没有月亮。男生们是意犹未尽，还是有意给我们壮胆呢？他们在营地附近溪边的大鹅卵石上，用小酒精炉煮起了咖啡，泡起了绿茶，嗑着瓜子，抽着香烟，吹着牛，唱着歌，不时发出爽朗的笑声。那么惬意！那么浪漫！几个胆大的女生被他们的快乐感染，也加入其中。

我睁着眼数星星，直到眼皮打起了架，正昏昏欲睡，突然睡在我隔壁帐篷的小英惊叫起来：“天哪！什么东西啊？冰冰凉的。”说着就和小宁一起跑出了帐篷，整个营地一片慌乱，男同胞们又冲过来，四五只手电筒齐刷刷地射进帐篷：乖乖，原来是一只癞蛤蟆！老柴哈哈大笑：“原来是想吃天鹅肉了啊！美丽的天鹅们别害怕，继续你们的美梦吧，有我们在呢！”

夜深了，营地渐渐地安静下来，偶尔有几只青蛙在叫。

在这样宁静的夜晚，我们躺在深山的怀抱里，嗅着泥土和草木的芬芳，感受着大地的呼吸，暂时忘却了生活的烦恼。只有在这样的时候，人才能深切地感受到和自然融为一体的那种难以言表的快乐。

紫荆花开

我要写的是野生紫荆花，那个“给点阳光就灿烂”的紫荆花。

可不是嘛，叶前开花的植物有很多，如白玉兰，大部分都是开在枝头。野生紫荆花，却是从裸露在地上的树根、树杈、树枝，一直开到树梢，只要阳光能照射到，它就开得灿烂，一簇簇地裹满树枝，一丛一丛，一树一树。叶子对于紫荆花而言，是“红花”，而花儿却开得人仰马翻，甘做“绿叶”。

江南三月多芳草，当城市公园、乡村田野被春潮淹没的时候，紫荆花也紧跟潮流，毫不客气地竞相开放。远远望去，老家江山新塘坞村后山的山坡上，已经是一片红霞，像一位仙女披着淡紫的纱裙飘然而至。蓝天白云，远山如黛，山下的村庄，眼前路边金黄色的油菜田，一幅美丽的田园画卷就在脚下铺开。

这是一片一百六十亩的野生紫荆花天地。走近看，灰白色的树干和山上的石灰岩色调一致。花也开得别具一格。五朵一簇，十朵一堆，密密匝匝缀满光秃秃的树枝。紫荆花树不高，树干却很多，一丛丛的，没有主干，枝条向上向四周延伸，形成美丽的大花冠。仔细端详，深紫色的花骨朵和米粒一般小，长大一点后，颜色渐浅，像饱满的小弯刀，像小矮人的棉手套，又像微微张开嘴巴的小贝壳。而盛开的花，像一只只展翅的蝴蝶挤挨在树枝上，也像挂着的铃铛、飞翔的小鸟。

一阵春风吹来，清新的空气中飘溢着紫荆花的幽香。一位飘逸潇洒的仙子正提着花篮，把一片又一片花瓣撒向人间，于是一阵紫荆花雨纷纷飘落在孩子们的衣服上，沾在姑娘们的头发上，最后来到大地上。这一寸泥土，这一片山坡，本就是它们的栖身之地。它们在这里扎根，在阳光雨露的爱抚下成长……如今，它们把大自然赋予的一切又无私地奉献给人们，静静盛开，默默精彩。

漫山的紫荆花，任蜂蝶喧舞，任羊群穿梭，任游人徜徉。拍照的身影，蹦跳的小孩，欢笑声，吵闹声，时不时地惊落了紫荆花瓣，它依然微笑着，张开怀抱，欢迎一切的到来。

看着满地的落英缤纷，我不免惆怅，为紫荆花短暂的一生叹息。突然，我惊喜地发现，新的生命又在不断萌芽，几片嫩黄的叶子已探出头来，细看，是爱心形的，清晰的脉络勾勒出叶子的轮廓。

“叽叽——”鸟雀从头顶飞过就不见了身影，身边的羊群和孩子们也渐渐消失在朦胧的淡紫中，脚下的村庄、村庄外的金黄，我已然在画中，在仙子的怀抱里沉醉了……

有一种乡愁叫油菜

父亲不种粮食已经很多年了，和很多农民一样，在田里种点蔬菜、玉米、糯谷等，都是自己家吃吃，从不出售，其中必不可少的是油菜。油菜头一年种下，第二年三月开花，五月收割，六月后榨油，春节前沉淀，农民们为此要忙碌很久。

江山人对菜籽油的喜爱，体现在很多方面。菜籽油在厨房里必不可少，烧鱼炖泥鳅这道菜，必须用菜籽油才好吃；菜籽油炒土豆已是一道江山特色菜；在乡下，皮肤烫伤，拿菜籽油涂涂就痊愈了；小孩子肚里生蛔虫，一勺菜籽油下去就起效。

这年头，每到春节结束，各地游子回城的时候，塞满后备厢的必然是老家的各种土特产，这其中自然少不了菜籽油。回到城市，一壶壶地送给朋友，嘴里总不忘说一句“自己家的，老爸老妈种的菜籽榨的”，脸上是毫不掩饰的骄傲。

当然，油菜本身就是一道美丽的风景。

当朋友圈盛开油菜花的时候，久居城市的人们，再也按捺不住了。箬山村、广渡村、灵泉村、日月村、恩深村……江山的乡村处处铺满金黄，何必舍近求远去江西的婺源呢。

“油菜花嘛，我老家门口就有。”依然是掩饰不住的骄傲，于是以看油菜花的名义，呼朋唤友回老家，顺便看望父母。

我的老家在市郊灵泉村，从城区驱车十分钟就能到，偷个闲就出发了。

油菜花盛开的季节里，春意正浓，陌上花已开，车也缓缓驶。路边桃花妩媚，远山青翠欲滴，春色瞬间把人包裹住了，让人感叹道：乡村的春意终究要浓烈许多。

进入三面环山的小村庄，迎面的清风送来清新的空气，空气中有暖暖的油菜花味，有乡间淡淡的泥土香。

灵泉村是个小村庄，并不开阔的田野把村庄分为上村和下村，房屋依山而建，许多人家门前屋后点缀着朵朵桃花。油菜花开了，那样热烈奔放，那样蓬勃向上，那样惹眼张扬。整个村庄被这耀眼的黄色包围着，头顶是蔚蓝的天空和朵朵白云，绿树环山，青翠欲滴，真是一幅美丽的画卷。

我喜欢先爬到阁楼顶眺望，油菜花一层一层地开向对面的上村。一丘丘梯田，像一钩钩弯月，仿佛有一双神秘的手，把一块石头投入灵泉这块湖面，荡起一圈圈金色的波纹。

然后我走进花丛中，与油菜花来个亲密接触。扑面而来的是油菜花香，靠近它，美美地吸上一口，身心放松。油菜花光洁绚丽，四个花瓣托着黄色花蕊，颤颤地缀在菜头周围，像一张张笑脸。无数的笑脸聚在一起，微风过处，便落英缤纷，香气四溢，春天的气息就这样浓烈地散发出来了。

我笑了，对着油菜花笑了。我们总是活得太严肃，一天到晚不停奔忙，忘了对一朵花微笑。油菜花给我带来满心欢喜和激动，也让我看到一生中那些还未到来的美好前景。

“嗡嗡”飞来的蜜蜂，一头扎进花蕊中，撅着屁股，勤奋专注地忙碌着，这朵采完又飞向另一朵，完全无视我这个庞然大物的存在，它用勤劳的背影告诉我——“你看你的，我忙我的。”

在田埂中穿行，两边的油菜花密密层层，我不忍心打扰它们的缠绵，于是弯腰穿行，就像回到小时候一样。

微风送来孩童的嬉闹声，还有偶尔的犬吠，耳边蜜蜂的嗡嗡声清晰动听，夹杂着婉转动听的鸟叫，这一切共同演绎出一曲美妙的交响乐。

脚旁是肆意生长的绿草，虽然不能像一头牛一样扑过去猛吃一顿，但我可以在油菜花田旁躺下打个盹。找到一块干净的草地，真的就这样躺下，和煦暖阳下，迷人花香中，昏昏欲睡。此时的我如同在幽静的山林中一样，抬头，金灿灿的花正托着高高的蓝蓝的天空，低头是黑黑的土地，泥土的芬芳和油菜花的幽香混合在一起，让人沉醉……

不知过了多久，我成了小虫们的大餐，它们在我身上爬来爬去，不时地咬两口，把小肚子撑得鼓鼓的，吃饱了就在我身上走走停停。我被痒醒了，看到手臂上、脖子上的红包，虽然有点肿痛，但还是不忍心拍死它们，跳着抖落后，挥手告别。

不知不觉，有农家升起了袅袅炊烟，又渐渐飘远。

路上，遇到一位似曾相识的大爷，正牵着一头水牛回家。老人微笑着打招呼："客人今天来玩一下啊。"我报以微笑回道："我也是岩下（灵泉村原名）人啊。"

我看了水牛一眼，水牛也正扭头看我，一双水汪汪的大眼睛仿佛在说："客归啦（江山方言：回家）。"

江山乡村的油菜花随处可见，仿佛我们的老朋友，无论身在多远的他乡，家门口的金黄色记忆、浓郁的醇香和袅袅炊烟，让多少游子魂牵梦萦，割舍不下。

杜鹃花盛开

相传古时候，蜀王杜宇勤政爱民，总在春天催促百姓耕作，因积劳成疾而终，死后化作一只鸟，天天啼鸣，提醒百姓不误农时，直叫得嘴里流出鲜血，血滴在山野上变成一朵朵美丽的鲜花。后来人们为了纪念他，把鸟叫作杜鹃，把花称为杜鹃花。

阳春三月，我的家乡江山农村的山冈，随处可见杜鹃花，一簇簇，一团团，远远望过去，宛如一片火红的朝霞。

小时候奶奶常说："灯盏莆花（江山方言，指杜鹃花）开，拓男（江山方言，指大人）小尼（江山方言，指小孩）且萜给（江山方言，指容易有饥饿的感觉）。"每到这样的季节，我和小伙伴们常常一边放牛，一边爬到山上，在花丛中摘下粉色或红色的花瓣，一片接着一片送进嘴里含着，感受那一点点酸，一点点甜；或者摘下一把，去了花蕊，几十朵花瓣一起塞进小嘴，就像吃一种水果，既解渴，又能填饱肚子。那时候，我们的欢歌笑语和满山的杜鹃啼鸣总是一起在山冈回荡。玩够了，吃饱了，骑上牛背，手持大把大把的杜鹃花，牛角上、人头上都戴着杜鹃花环，趾高气扬，浩浩荡荡地回家，像一支刚刚凯旋的部队。

如今吃花填肚子的日子早已一去不复返了，随着农村生活水平的提高，很少有人上山砍柴了，杜鹃花也更烂漫了。每年的春天，城里的江滨路、须江公园、西山、鸡公山，到处可见火红的杜鹃花。但是最烂漫的杜鹃花要数碗窑水库了。

开一辆小车，沿着水泥公路来到碗窑水库办公区。“快看，快看，映山红！映山红！……”不知哪位眼尖的小朋友发现了远处的“红山”。在傍水的别墅群后面，整座山竟然全部是红色的！“哇！”我们惊叹不已，“终于知道为什么叫‘映山红’了！”我忍不住要跳下车去欣赏，司机何先生说：“更美的还在后头呢！”

车子沿着盘山公路缓缓行驶，两旁的山上，竟然都开满了杜鹃花，我们简直是走进了杜鹃花的王国！全车的人都沸腾起来，雀跃着，欢呼着，山一座连着一座，杜鹃花也是一色连着一色：这座是大红的，那座是粉色的；这座是白色的，那座是紫色的。像彩霞绕林，让人目不暇接。那么烂漫，那么奔放，直看得人眼花缭乱。水库边的山上，鲜艳夺目的杜鹃花倒映在碧绿的“月亮湖”中，把平静的湖水点缀得五彩缤纷。此情此景正如宋代诗人杨万里所描绘的：“何须名苑看春风，一路山花不负侬。日日锦江呈锦样，清溪倒照映山红。”

在一片赞叹声中，车子足足开了 4 公里，还没看到尽头，我们再也忍不住了，嚷着让司机停车。

终于在“百草园”下车，循着狗吠声望去，一座别致的房子坐落在青山绿林中，几辆轿车停在园中。我们来不及细看园内的景致，直奔后山。

爬上郁郁葱葱的山头，远处是蜿蜒的月亮湖，碧绿的湖水依偎着一座座青绿的小山，那么安逸，那么幽静。近看，五彩的杜鹃花在青山绿树之间，开得那么自由，那么蓬勃。我们飞箭似的融入其中，朵朵花儿，五光十色，多姿多彩：粉红的、洋红的、橙黄色的、淡紫色的、黄中带红的、红中带白的，真是千变万化，让人眼花缭乱！有的浓妆艳服，有的淡雅别致，真是各具风姿，仪态万千。朵朵花儿迎风绽放，娇艳欲滴，花瓣密密匝匝，蕊靠着蕊，瓣贴着瓣，相互依偎，竞相辉映，引来无数的蜂蝶飞舞。白居易在《山石榴寄元九》中形容杜鹃花：“花中此物似西施，芙蓉芍药皆嫫母。”说它是“花中西施”真是一点不为过。

孩子们兴奋得涨红了脸，尖叫声不断，不远处传来布谷鸟的叫声，好不热闹！他们不停地采摘着，一下子又钻进花丛中玩起了捉迷藏，我不知道那一团团火红的，是孩子们的脸，还是杜鹃花。摘下一片红得像玛瑙一样的花瓣，含在嘴里，细细品味，有一点点酸，一点点甜，分明就是儿时的味道呀！我们醉了，所有尘世间的喧嚣和烦恼早已抛到了九霄云外……

如果不是天下起了雨，我们真的忘记了下山，忘记了回家。山下“百草园”后面种着梨树、桃树，此时也正争奇斗艳地盛开着，我们都顾不上欣赏。

车子依依不舍往回开了，我们又一次陶醉在杜鹃花的烂漫和绚丽中，兴奋之余，感慨万千：没有它，春天还能叫春天吗？

骑游保安

颠覆时空距离的高铁，让来自五湖四海的朋友更容易走进江山，了解江山。如此多娇的江山，在这个大众休闲的时代里，总是不断地给人惊喜，而这几年，最令人惊喜的莫过于保安了。

当江城的人们还沉浸于便捷的高铁带来的欢乐之中时，时隔半年，保安乡又推出了另一种交通工具——公共自行车。二十世纪八十年代的自行车堪比如今的豪华小汽车，一度成为“结婚三大件”之一，却也曾无奈地退出历史舞台。如今，自行车再度风行，成为注重健康的人的首选。保安的公共自行车，就这样应运而生，再次给人们带来惊喜。

保安乡首期设置乡政府大院和主街道的生活驿站便利店门口两个点，一张身份证或者八百元押金就可以简单完成租借手续，一小时一元，全天最高收费二十元。

于是，你可以约上一批朋友，坐上 201 路公交车，到达保安乡后，租上公共自行车，骑游保安。你也可以自驾和骑行相结合，骑骑、停停、看看，不必担心看不尽沿途的风景。即使你跟着团队旅行，也不必担心被导游取笑“上车只会睡觉”，完全可以选择一段骑行。

“七彩保安，风情小镇。”保安是适合慢游和细品的地方。相比于步行，骑车别有一番风味，春来踏青，秋听落叶，骑车可以不太费力地抵达保安的每个角落。戴笠老宅、慕仙桥、七彩农场都适合骑行游玩。春天，在青草繁花中悠然骑行，女孩们白色的裙袂随风飘扬，成为保安一道亮丽的风景。扛着锄头的老农，扭着肥臀的白鹅，慢条斯理的水牛，雄赳赳气昂昂的鸭子，让人瞬间放松下来。骑着骑着，忍不住下车，在纯朴好客的村民的指引下，挖起了马兰头、野苋菜，摘了苦叶，捡了地衣，捆扎好随手放在车篮里。你可以悠哉游哉，放松闲适，也可以演绎速度和激情，享受大汗淋漓的畅快。待到饭点，随便找一户农家，和村民一起在清澈的溪水边，一边逗逗小溪鱼，一边洗洗菜，在传统的柴火灶里添柴火烧烧饭，品农家自炒的绿茶，喝农家自酿的白酒，聊聊家常。

在保安，一年四季都可以骑游。四月在茶园做一回采茶女，提着篮子，系上围裙，戴着草帽，穿梭在层层绿色之间；六月赏荷，做一回花仙子那也是极好的；待到九月，置身李莫愁和陆展元初识的向日葵花海，又是何等的浪漫；落霜的十二月，到鳌顶采摘高高挂在枝头的红柿子。一年四季，葡萄、西瓜、红柿子、笋子、竹荪、米糕……各种水果各种美食，让你胃口大开，流连忘返。

骑着自行车，春品茶，夏戏水，秋赏花，冬摘柿，潇潇洒洒游保安。

写到这里，你肯定说我是在做广告，但是美好的事物如果不分享，岂不是太自私了？

美丽的石鼓

石鼓的美不仅仅在于那形态万千的鹅卵石，更在于那灵气十足的水。

从保安乡政府出发，车子沿着溪流一路曲折前行，向着那层层叠叠、浓浓淡淡的山水画卷里行驶，此刻身前身后，车内车外，都萦绕着一股大自然的馨香，令人心醉。

15 分钟后，当镌刻着“国家森林公园”六个大字的石碑竖立在眼前，意味着我们已经来到了石鼓。

眼前是一条小溪，一块块鹅卵石形态万千，有的犹如静卧的大象，胖得可爱；有的像圆圆的锣鼓，让人忍不住就想拿起槌子来敲打一番。大大小小的，满溪都是，光滑圆润。看着溪里的鹅卵石，我突然间有了感悟，世间一切美好的东西，不是轻易就能得到的。鹅卵石从山岩的母体脱落，从最初的粗砺渐渐被磨得光滑圆润。世间的人和鹅卵石有几分相似：最初，棱角分明，想哭就哭，想笑就笑，横冲直撞，处处碰壁；继而磨掉了棱角，时时调整自己的心态，与他人和解。

哗哗的流水声从不远处传来，溪流拍打着鹅卵石，溅起白色的水花。这样的景致令我们眼前一亮，大家顿时兴奋起来，纷纷跳下车，跑到溪边。溪水清澈见底，忍不住捧起水来喝一口，甜甜的凉凉的，没有比这更好的矿泉水了！我们随手轻轻搬起一块鹅卵石，底下黑黑的竟是小螃蟹，拿在手上看它张牙舞爪，样子可爱极了！一条条石斑鱼欢快地游来游去，任凭我们使出浑身解数也抓不到，好像在逗我们玩呢。忍不住走进水中，静静地躺下来，任凭溪水把自己拥抱着，任凭小鱼们亲吻着身上的肌肤。

石鼓，因鹅卵石而得名，但是真正让它有生命的是这条小溪，这溪里充满灵气的水。

这生于深山长于绿林的水，从山上飞溅而下，汇成大大小小的水潭。水是安静的，倒映着两岸的青山绿树，显得温情脉脉，娟秀文静，仿佛深锁闺阁的小姐，所有情思都只在心中流转。

石鼓的水又是鲜活的，一石一坎，一波一折，都能让它激动不已，迸发出无限的力量。一条又一条瀑布，有的像狂奔的白马，朝你迎面扑来；有的像飞箭，呼啸着把身下的小山劈成两半……

走在水边的小路上，没过多久由瀑布溅出的水沫子，就把你打湿了，也打湿了身边绿茵茵的小草和头顶黑黢黢的山岩。抬头仰望天空，只见少许的阳光，星星点点地晃着婆娑的影子。

石鼓的所有生物,都在迷蒙的水汽中,汇成一股香气,扑鼻而来。人们在此抖落一身尘埃，心变得透亮透亮的。

这是一片未曾被污染的绿地。生活在这里的人们，几乎都是沉默的，我看见几个山民肩扛杉树，身背砍刀，沿山而下。只有这样的土地、这样的山水才能养育出这样的人，木讷、坚忍、勤劳、勇敢、重情重义。

我长时间地呆立在这山水中，几乎忘记了自己，任凭水花溅湿我的衣服。不知道从这里走出去的人们，会不会一去不复返呢？多年以后回想起这个碧绿的世界，梦中有没有笑声？

周村，不忍惊扰的梦

从江山的廿八都镇出发，经过坚强村、兴墩村，最后到达周村。

盘山公路蜿蜒曲折，却平整干净，好像新建不久，至少看起来保养得很好。路的一侧是蓬勃生长的竹子，干燥枯黄的外衣正一片片脱落。

远处山腰上是被修整得光溜溜的梯田，这里山高田少，勤劳的山民就着高山开垦出一片片梯田来。如今正是翻耕灌水季，阳光下的水田闪闪发亮，黄牛、水田、老农绘成一幅美丽的农耕画卷，展现出淳朴的乡土风情。初夏的周村有一种安静、干净、淳朴的美，不似油菜花开时那般热烈绚丽，仿佛一个不忍惊扰的梦。

同行的孩子们在父亲们的臂弯里熟睡，我们几个女人却不舍得打瞌睡，打开车窗，大口呼吸，贪婪地捕捉大山的绿意，生怕错过哪个美丽的细节。

野生紫荆花

油菜花田

近一小时兜风后，我们到达了目的地——一位山民的家。门口两棵高过屋顶的枇杷树挂满了黄澄澄的果子，老钱聪明，把车停在树下，借着车顶孩子般爬上了枇杷树，一会儿就摘了满满一袋。另一侧的桃树已被桃子压弯了枝条，随手就能摘了吃。但甜美的枇杷和桃子都没能留住我们的脚步，大家直奔屋后的小河。

清澈见底的河水潺潺流淌，大大小小的石斑鱼悠闲自在，随意摆着造型，任你拍照；大大咧咧的螃蟹张着嘴吐泡泡；河边的野栀子花散发着浓郁的香味。相隔不到 200 米的两座石拱桥，沧桑宁静。整片河滩非常干净，我忍不住躺在树荫下，林中小鸟的歌声清脆悠扬，大山里独特的香味时不时地随风而至，黄色的蝴蝶优雅地舞动翅膀，时而在我的牛仔裤上稍作停留，而后又潇洒地飞到别处去，它是在欢迎我的到来吗？石拱桥下哗哗的河水声就像一首催眠曲，我在这里竟然睡着了……

周村的静美，是你不忍惊扰的，你可以悄悄地来，然后轻轻地走。

去郑村走走

钢筋水泥的都市，到处充斥着世俗的喧嚣和莫名的压抑，总是让人感觉身心疲惫。这个时候，开一辆车，不带游伴，也不带什么礼物，甚至不带相机，独自去访问我的老朋友——乡村。是自己出生在乡村的缘故吗？乡村的怀抱，像妈妈的味道，带着一种熟悉的亲切，让人没来由地心生眷恋，很轻易地就会找到属于自己的那份安全感。

这次我选择了郑村，我的老家和郑村原本同属于丰足乡，儿时的印象里郑村离我家很遥远，如今郑村却仅和江山中学隔了一条马路，沿着这条马路往北一公里就是江山新火车站。城市化的飞速发展把原来的乡下变成了现在的市郊。郑村是江山第一批获得“幸福乡村”荣誉的行政村，不久的将来郑村会建一个五星级大酒店，令人期待。

车子沿着水泥路缓缓驶进村庄，满眼的绿色猛然出现在眼前，顿时令人豁然开朗。路旁是刚刚结穗的青黄色的稻子，稻田被不远处低矮青翠的小山包围着，这样的景色需要亲密接触才能领略它的美，于是我马上停车，与微风撞了个满怀。风中飘来稻花和青草的香味，令人沉醉！

这里的房子多是楼房，或在路边，或在矮山中，家家户户都被绿色包围着，远远望去，大门若隐若现，让人猜不到它的高度。走近路旁的一户人家，碧绿的野葛藤缠绕着门前的篱笆，一朵朵黄色的丝瓜花在绿叶中娇艳欲滴，一根根绿色的小丝瓜骄傲地挂着。墙角是一盆盆绿色的葱，黑紫的紫苏，粉色的太阳花，还有很多不知名的花整齐地摆放着，生日蛋糕的泡沫盒、破旧不堪的脸盘、残缺不全的瓷碗都成了花盆。有的人家楼房周围种有桂花、香泡等树木，墙壁上布满了爬山虎，幽深的绿色中打开的窗户俨然一个哨岗，似乎会有个小脑袋探出来，“侦察”我这个入侵的陌生人；有的人家门口种了一块一块的菜地，长豇豆、茄子、辣椒都挂满了枝头，一只只黄色的老南瓜惬意地躺在绿草丛中，挺着大肚子，好像微笑的弥勒佛；有的人家门口是一大块水泥地，门前摆着一个石桌、四个石凳，楼房设计新颖美观，背靠葱翠的青山，门外小溪流淌。

一间房子、一处庭院、一亩田地——这是许多城里人所向往的田园生活。站在村中的小路边，每一棵植物都是我的老朋友，为我送来无边的绿意。这一刻仿佛自己也成了一棵野葛藤，脚下长出的根须深深扎进泥土，一头秀发长成了茂密的绿叶，胳膊变成了藤蔓，血液变成了汁液，在阳光下静静生长。

这里的一切都是我的朋友，似乎都在热切地与我打招呼。那路边流淌的小溪里，几只鸭子欢快地戏着水，见我来了，伸长了脖子，用那黑色的小眼睛看了我一眼，仿佛在说“欢迎”。青黄的稻穗在风中摇曳，仿佛在炫耀它们丰收的未来。悠悠的白云下，电线上叽叽喳喳的麻雀，在谈论些什么呢？

忽然，天空下起了雨，我就近躲在了一户人家的屋檐下。这是一栋小洋楼，很气派，白发苍苍的老人热情邀请我坐下来，并送来热气腾腾的绿茶。老人指着门口的菜微笑着说：“真是幸运，这些菜我刚浇了一半。”闲谈中得知，她的儿女们有的在城里工作，有的在村办企业打工，孙子们都在上学，她一个人在家里打理这些花花草草，种些蔬菜。雨很快就小了，老人拿出一把雨伞，执意给我撑上，送我到车子旁，看我开动车子才转身回家。

我轻轻地挥挥手，告别热情纯朴的老人，告别乡村的朋友，带回满怀的好心情、好记忆，还带回温暖而厚重的乡情。

寻找秋天

今年的秋天有点特别，“小阳春”来临时，江滨路的樱花二度盛开，满城再次飘起樱花香。走在路上，我们常会产生错觉，季节的更替不会是出了差错吧?

立冬后，竟然暖意渐浓。

我真不明白，为什么欧阳修作《秋声赋》时，把秋天描写得那么肃杀凄凉？马致远的《天净沙·秋思》为何令人“断肠”？

在我看来，花木灿烂的春光固然可爱，瓜果遍地的秋色却更加使人欣喜。

秋天比春天更富有欣欣向荣的景象。

你瞧，城北郊区李坪村的糖蔗林，三四米高的甘蔗，修长的棕褐色躯干，顶着长长的绿色叶子，像少女飘逸的长发，整整齐齐，一排又一排，我钻进林中又跑出来，如孩童般快乐。黑压压的麻雀集中停在一棵高高的香樟树上，叽叽喳喳闹个不停，看到我拿出手机拍摄，又呼啦一下飞走，在空中给我摆了一个扇形。夕阳给这片糖蔗林镶着金色的边。李坪村就在须江岸边，此时正是“落霞与孤鹜齐飞，秋水共长天一色”。

保安乡鳌顶村的那一片柿树结满了果实，光秃秃的树枝上，高高挂起一盏盏红色的灯笼，红得多么好看，简直像一片火似的，那是丰收的模样。古今多少诗人画家都称道枫叶的颜色，然而比起柿子来，枫叶却不知要逊色多少呢。

四都镇的椪柑缀满了枝头，鲜艳俏皮，金光闪闪。房前屋后的香泡、胡柚、马家柚，金灿灿地倒挂着，沉甸甸的。金橘树上缀满了一颗颗红玛瑙似的果子。屋檐下挂着的玉米棒子，成堆的红色大番薯，窗口、门口、团匾上翻晒的南瓜干、番薯干、番薯粉，这一切有个美丽的名字叫“晒秋”。

秋天比春天更富有灿烂绚丽的色彩。

秋天晨跑，空气中丝丝的凉意恰到好处。挥汗如雨的晨跑者相互打招呼，心照不宣，各自加油。薄薄的晨露轻轻覆盖在植物上，在旭日的照耀下闪烁着点点光芒。须江东岸的水面上一层雾气在升腾缭绕，河边的芦苇静静地随风摇曳，路旁火红的火棘果子挤挤挨挨地盖满了低矮的树枝，令人眼前一亮。高大魁梧的栾树撑起了黄绿相间的繁华，椭圆形的黄色叶子一片片飘落，忍不住踩上去，嚓嚓嚓，这是秋天的声音。银杏的叶子就是一把把小扇子，在枝头慢慢泛黄，充满生机。江滨路两边的梧桐树，树冠相连，仿佛搭就了一个长长的拱门。爬在地上的络石，伸着脖子，头上戴满白色的小花。红叶石楠，新抽的芽呈枫叶红，远看像一朵朵花……

田野里，稻谷已收割完毕。不久前种下的油菜，已经一片嫩绿。油冬儿是秋冬季人们的最爱，肥肥的大叶子，油光发亮，每每此时，我都想偷一棵带回家下锅，大快朵颐。大白菜肚子鼓鼓的，胡萝卜的叶子葱葱茏茏，大蒜亭亭玉立，芹菜散发着独特的香气。田间小路边的野花有淡紫、菊白、嫩黄。田野里的秋天一派生机勃勃。

长台镇的红枫林，是漫山遍野的红色，红得热烈，红得张扬，红得忘我，那里的秋天美到让人惊心动魄。

几天来，我不断地漫步山野、田间，跟随着风的足迹寻找秋天，惊喜地发现秋色已无处不在。而我已在这大好秋色中沉醉不知归路。

西山花海记

西山像一面精致的屏风，耸立在江山城区西侧，为我们这座江南小城遮风挡雨、蓄气纳秀。

一条红色的步行道充分利用西山景观资源，凭借自然之势，突出自然之韵，展现自然之美，因形就势，蜿蜒穿行，遇树绕路，遇水搭桥。十几公里的绿道，把西山丰富的历史遗存和自然文化资源串联起来，包括西山三名泉、目连洞、粮仓遗址、海会寺和鸡公石等各个景观，完整地体现了西山景观的系统性和整体性。西山的休闲、健身和文化功能得到充分发掘，可以让市民充分领略西山之美。

要说深深震撼过我内心的，还是位于罗汉太肚那片曾经的花海，那是怎样摄人心魄的美呀！

一

“如果你没看过西山花海，你的生活就太无趣了！”在宁波工作的朋友金仙，每次回老家都要带上父母到西山花海走走，无论驾车还是乘坐高铁，第一站必然是西山花海。金仙酷爱种花，对花有独特的感情。如她感叹：“城市里居然有花海，咱大江山真是大手笔！”

不在江山的日子里，她总是要求我拍花海的美图发过去。其实，即使没有这个任务，即使我不会种花，我也喜欢在这片花海里徜徉。

那是2015年的国庆节，西山花海第一次惊艳地出现在世人面前，从此每个花期都毫无悬念地在我的朋友圈刷屏。

因浙赣铁路西移、旧房拆迁，罗汉太肚那片土地成了暂时的闲置地块，一时垃圾堆积，杂草丛生，与大美西山的城市形象严重不符。2015年上半年，市里决定对该区域进行生态景观改造，启动“百花园项目”，经过精心设计，合理布局，尝试以播撒花籽的方式营造市区第一块面积5万多平方米的花海。

波斯菊、硫华菊、百日菊，百花齐放，争奇斗艳。仅国庆节当天就吸引游客近1万人次。

刷屏的微信朋友圈，吸引了很多在外的游子，自然包括朋友金仙，她说“一定要回来看看”。

2016年夏季，虞美人、矢车菊、蛇目菊、月季花等争相开放。以西侧边坡为背景，铺满马尼拉草，用红花檵木拼出“西山花海”字样，通过颜色上的对比，突出了花海的主题，成为点睛之笔。接着逐步完善相关的基础设施，添设了垃圾桶、移动公厕、休闲椅等，并专门开辟了游览小径。2016 年 9 月，西山花海绚丽绽放，成功献礼 G20 杭州峰会。

2016 年秋，根据土壤品质，调整了花木品种，以种植紫花苜蓿、紫云英等花木为主。

2017 年夏，花海新增面积 1.5 万平方米，总面积达到 7.6 万平方米。紫花苜蓿、紫云英、百日草、千日红、波斯菊纷纷闪亮登场。而花带以红、白、黄、橙、紫等各色百日菊呈现。

2018 年 5 月，虞美人、花菱草、矢车菊、金盏花加入花海的行列；10 月，向日葵、醉蝶花、硫华菊、柳叶马鞭草，五彩缤纷，并以黄色硫华菊为底，用红色百日菊拼出“中国·江山”献礼国庆。据不完全统计，国庆盛花期，西山花海累计接待游客 10 万余人次。

经过用心养护，西山花海成为江山市民和游人休闲小憩、运动健身的绝佳去处，让人不出城郭而能赏花海盛景，身居闹市而可享山花野趣。

花海的美丽和芳香，给无数人留下了美好的记忆，成为婚纱照拍摄地、周末休闲地、浪漫相亲地，也是游子们念念不忘的乡愁地。江山诗词学会前会长周晋光用一首小令《踏莎行·西山花海》赞叹道："坊郭如舟，鹿溪似带，小城四季春常在。无边花海溢秋光，西山何处不精彩。 奇卉缤纷，景区胜概，乔装扮靓原生态。一枝一叶总关情，惠民善政休轻怠。"

二

鲜花怒放的时候，花海当然是美不胜收。然而，一年四季花事就那么几十天，绝大多数时间不是残花满地，就是泥土裸露，游人观赏感受自然不会好。2018 年秋季盛花期结束，西山花海在陪伴了人们 4 年后，完美谢幕，优雅退出。

所有的离别都是伤感的，尤其对于美好的事物。江山作家罗芬的散文以《最后的花海》为题，向花海深情告别，她写道："花海最后告诉我们：人世旅程，俯仰天地之间，生长开花结果，乘兴而来，尽兴而归即可。"我想起动漫电影《萤火之森》的结局，男主角银在陪伴了女主角萤几年后，因救人类的小孩而突然从萤眼前消失，之后的日子里，萤每每回忆起两人在一起的时光，笑容是甜的，心里是暖的。

西山花海，这位老朋友如今以新的面貌出现在我们面前，地址还是那个地址，西山还是那个西山，只是换了一件衣服，经历一次华丽的蜕变，或者说，这是升级版的"西山花海"。

这里依然是西山公园的点睛之笔。如今的它更贴合西山的自然环境，宜游宜憩，以落叶乔木为主，融合"三泉"文化、状元垄水库、花海草坡的永久性综合景观，更适合人们四季游玩。值得一提的是，除了西山花海的提升改造外，三泉的文化元素正在再现中，江山历史上闻名遐迩的须女泉、雪泉和梅泉，恢复了往日的瑰丽。

该提升项目自2018年秋季动工，2020年国庆节开放。和以前的花海相比，增加了永久性的景观构筑和景观绿化，增添了水系景观、配套公厕、停车场等设施，同时打造大面积的草坪，更便于市民休憩游玩。

2300平方米的人工湖，给西山公园增加了灵性。雨季来时，两条溪流从山上蜿蜒而下，一路大大小小的景观石相依相伴。最宽阔的是草地，最温馨的也是草地，草地随着西山的地势，从西向东沿着缓缓的坡度铺设。绿色的草地在冬阳下干燥又干净，有的带了野餐垫，一家人围着开吃起来；有的支起了帐篷，守护着刚学会爬行的婴儿；有的直接席地而坐，让太阳晒暖自己的背；有的干脆躺在了草地上，一本书盖着脸……

新栽的枫树、银杏、栾树等乔木挺立在草地周围，它们和园间小道一起划分着这块花海的区域：草地、小湖、栈道、儿童玩沙区。城关幼儿园将园区选择在此无疑是明智的，园外北侧即公园的儿童玩沙区，孩子们在其中滚爬着嬉闹着，家长们一边守护着孩子，一边也情不自禁地加入其中，年轻了一回。

草地上有一个凉亭，这会儿，里面的三五个老人正跟着伴奏高声合唱：“南屏晚钟，随风飘送，它好像是敲呀敲在我心坎中……”歌声悠扬，轻快明亮。草地的外围被怒放的山茶花和月季环绕着，草地上，年轻人带着孩童嬉闹着，手握着风筝奔跑着，衣袂也在随风飘呀飘。

从西山大樟树方向走过来，连接这个花海区域的是约百米长的拱门区。这里是网红拍照点，如果拱门上装扮起鲜花绿藤，地上铺就大红地毯，凉亭上的人们合唱起《婚礼进行曲》，新郎挽着新娘的手缓缓走过……这样的一场草坪婚礼该有多么浪漫啊！

三

周末，我们把父母从农村老家接到这里，坐在草地上晒太阳，母亲由衷感叹道：“现在的日子是真好，没事就来这里晒晒太阳。”父亲嘴角上扬点点头，意味深长地说：“嗯，以前的花海美，现在的也挺好。”父母亲在草地上合影留念，和六年前在向日葵丛中一样，脸上洋溢着满满的幸福和甜蜜。

过些天，金仙又要回老家了，我会陪她到这新花海好好走一走。

洪福记

“姑姑，明天我们到哪玩？”小侄女欣儿一早从杭州发来了微信。

每年春节，在上海、杭州的表姐表弟们都赶回江山老家过年，不知从哪年开始，我们已经养成了“共游江山”的习惯。这不，十七岁的小侄女早早地就开始了期待。

“洪福村，大年初二享洪福！”我毫不犹豫地回复。

洪福村，这个在偏远山区沉寂多年宛如与世隔绝的古村落，二〇一六年在端午节“匠人艺心”民俗风情集市中悄然出现在人们眼前。这里有被列入衢州市第二批非物质文化遗产名录的洪公拳；有保存完好的毛氏、翁氏等宗祠；有原汁原味的古民居群。这里被誉为“中国天然氧吧之村”“江南生态第一村”。

天公作美，大年初二清晨小雨悄无声息地湿润地面后，太阳公公又在中午时分展开了笑颜。午后，我们一行三十六人浩浩荡荡地出发了。在塘源口乡政府附近，来自各地的车子川流不息，居然出现了小堵的情况。

离开乡政府后，我们开始前往洪福村。一路上，峰峦叠嶂，满目苍翠，打开车窗，清风迎面而来，大家不禁大口大口地呼吸起来。道路两旁偶尔出现的彩色自行车模型告诉我们，这里也是骑行爱好者的天堂。

森林防火广播的声音由远及近，很快我们就来到了村中心停车场。这里人头攒动，已停了几十辆车，姐姐的车是最后一个进来的，我们正绕来绕去地找位置，一个身穿夹克的年轻人走过来指着一辆绿色的小车说："就直接停在我的车后面吧，今天我不用车。"看我姐犹豫着不知该如何停车，年轻人干脆把车开走让出了车位。

这是一个青山包围的小村庄，小溪蜿蜒曲折、清澈明净，由高向低从村中心流过，沿溪一侧的古民居群依山而建，层层叠叠、错落有致，保存了十九世纪晚期至二十世纪中期的风貌。黄色的泥墙、黑色的瓦，古老而又亲切，远远望去，一扇扇黑色的窗户就像一双双黑色的眼睛，安详又宁静。翁氏宗祠的外墙上方"当红军最光荣""红军是为工农谋利益的"等标语清晰可见，见证着过去的红色岁月。墙上新印制的红色"入党誓词"，庄严又神圣。

在一排排的黄泥房中，我们踩着鹅卵石拾级而上，两旁的石缝墙脚长满了青苔野草，如同走进历史的长河中。有的黄泥房已成"文物"，木制横梁、粗瓷大碗诉说着岁月的沧桑。有的黄泥房还有村民居住着，透过敞开的门，看到屋里竹竿上晾着足有一米长的芥菜，这是村民晒干后切细了做咸菜的。家家户户房前屋后都有一块地，种着油冬儿、芥菜、包菜等，绿油油的，惹人喜爱。一只出门觅食的公鸡看到我们后拼命逃跑，躲进了柴火垛中，让我们满心愧疚，于是大家停止喧闹，安静走路。本来这样的古村落，就是要用心去感受，用心去体验的。我们坐在黄泥房的门槛上，姐姐说："小时候，我们就是这样坐着等妈妈回家的。"对面的山上是郁郁葱葱的竹林，抬头看山峰，它已经和蓝天白云相连在一起，欣儿惊讶地说："原来天这么低呢！"

不知不觉已是傍晚，有几户人家的炊烟袅袅升起，这时电话响起，山下农家饭店的老板在喊我们去吃饭。

左坑洞，徐霞客的遗憾

这是徐霞客当年没能“到此一游”而留下遗憾的地方，也是徐霞客认为“不可不一过”的地方。

徐霞客在明代崇祯庚午年（1630）《闽游日记后》中这样记载：“（七月三十日）过江山，抵青湖，乃舍舟登陆。循溪觅胜，得石崖于北渚……余踞坐石上，有刘对予者，一见如故，因为余言：‘江山北二十里有左坑，岩石奇诡，探幽之屐，不可不一过。’余欣然返寓，已下午，不成行。”

徐霞客日记中的左坑，位于今天江山市大陈乡的大唐村方家自然村，曾被称为左窝。清代康熙五十二年（1713），知县汪浩因“是山不峻不矗，状类馎饦，中敞豁如箕，康节所为，以安乐名窝也，故易‘坑’为‘窝’，并作记以志之”。

从江山市区出发，行进约10公里，从常山县辖区的砚瓦山往右边岔路进入，沿着一条清澈的小溪逆流而上，眼前是碧绿的高山连接着蓝天白云，还有一片郁郁葱葱的竹林。大唐村就这样依山傍水建在小溪的一侧，村民聚居在群山环绕的山谷里，一切显得那么静谧安详。

从大唐村大约行驶 20 公里，停车再走几百米就到了左坑洞。远看森森乔木中隐约呈现一片断崖石壁，走近后可以看到拱形石崖如屏风般遮挡着里面的溶洞，时有凉风从缝隙中吹出来。石崖上长满了青苔，偶有水滴滴落。岩石造型怪异，有的如蟒蛇出洞；有的像倒挂的龙尾；有的像卧龙，龙爪、龙头大小不等，有数十个之多，构成了一幅群龙共舞的威猛景象。

走进幽深的洞体内，一股股凉意扑面而来，洞内静谧神秘，一只不知名的鸟“咕——咕——咕咕”的啼叫声若远若近地传来。这是一个宽近 3 米、高约 1.8 米、长约 35 米的狭长半月形溶洞，西宽东窄，首尾相通，自然光线从洞的两头照射进来。这里仿佛是专为神龙打造的休憩之所。一条神龙坐北朝南面向对面的寿桃山而卧，神情威严肃穆。溶洞的顶部和内侧都是比较平整的青色石灰岩，内侧偶有根根条纹，仿佛龙身摩擦所致。黄色泥地上，遇到雨水天气会有少许积水。人进入溶洞后行动自如，溶洞南侧是形状各异的钟乳石，其背面即是刚刚在洞外看到的群龙共舞的石崖。时有滴水顺着钟乳石流淌而下，在手电筒的照射下，晶莹剔透。有一块约 2 米高、2 米宽的石幔，像一挂大珠帘玉锦倒垂于洞内。洞顶与地面之间的钟乳石，呈现出灵动活泼的生气：有的如蜜橘；有的如鹿角；有的如珊瑚丛；有的如新荷滚露；有的如老树挂冰；有的像整片的梯田，高低错落有致，有田埂，有流水，仿佛一幅乡间画卷，让人感受到人间烟火的温暖。

从龙头的方向走出溶洞，眼前是3棵并排从石壁下面顽强生长的木荷树，树干靠着石壁，挺拔矗立，树冠向外生长，如飘扬的旗帜。从这个主洞往西100米又有一个类似的溶洞，宽高都差不多，只是稍短一些，约20米长，里面有一块钟乳石在光的照射下闪闪发亮，仿佛镶嵌着众多钻石。钟乳石群的上方有一距离地面5米的小洞口，抬头仰望，能看到树枝在太阳照射下婆娑摇曳，可谓别有洞天。当地村民在这个洞外安放了一尊弥勒佛。

再往西走，据说还有一个狮子洞可以通往山的另一边……

关于这个溶洞，当地百姓口口相传着一个神话故事：溶洞里住着一条善良有灵性的神龙，当年托梦给洞前左坑寺里的方丈："我变成了一条泥鳅，想出山进大河，请您帮帮我……"方丈第二天醒来后将信将疑地走到寺庙后方，果然看见一条黑色大泥鳅，身上沾满了泥土，已是奄奄一息，于是马上拿了竹槽把山涧的泉水接到了溪里。方丈叮嘱泥鳅："为了保护村民平安，你出村后再行动。"于是泥鳅顺着竹槽穿过寺庙附近的石拱桥，沿着小溪一直游到砚瓦山路口，见太公太母山已合拢，无路可走，便向其虔诚地拜了三拜。太公太母见神龙有如此感恩之心，就立即分开，让出一条水路来。这也打通了村民通向外界的一条坦途，原本村民只能步行翻过方塘岭再经过新塘坞村，才能走到村外的世界。

据说神龙遵从方丈嘱托，到达常山县溪口镇大河后才变回原形，翻云覆雨。那一年，溪口洪水泛滥，而大唐村风调雨顺。神龙经过的溶洞宽度正好有一条龙那么粗，当地村民认为神龙居住的地方必是风水宝地，莫不顶礼膜拜，皆尊称为“龙洞”。

明代弘治十六年（1503）的《衢州府志》记载左坑洞：“县北二十里。初，有岩窦，时闻乐声，民扶土，得嵌空处伛而入，洞六七所，有石佛、石乳、石田。至者如听龙吟虎啸，辙怖欲出。岁旱则祈，安定郡王令矜名其洞以显应。有定庵在其前。”

当地村民说旧时进入左坑洞，能听到江山港上撑船声和艄公的吆喝声。既然溶洞都是相通的，当年这条神龙莫非也是从江山港游历至此？

当年那条神龙，也许此时正静静地凝视着眼前的寺庙、村庄、田野，和寺庙里的佛一起守护着这方水土，保佑着这方百姓吧。

第二辑 舌尖上

来一锅廿八都豆腐

我的家乡浙江省江山市有个著名的古镇叫廿八都，它位于浙闽赣三省交界处，是中国历史文化名镇、中国民间艺术之乡，距今有1000多年历史，是海上丝绸之路的陆上集贸重镇。居民来自四面八方，保存有142种姓氏、13种方言，各种文化在这里交融碰撞，因此这里被专家称为“文化飞地”。

廿八都的美食有很多，号称“八大碗两名点”。八大碗包括廿八都风炉仔豆腐 、廿八都枫溪鱼、廿八都山药黄麂羹、豆蔻猪手、腊肉鱼干、廿八都笋干炖排骨、廿八都石斛炖石蛙、廿八都野菜。当然，因为新冠疫情，“山药黄麂羹” 和“石斛炖石蛙”已经被永久除名。两名点是廿八都燕皮馄饨、廿八都铜锣糕。其中廿八都铜锣糕是古镇传统节日糕点，已有千年历史，在浙闽赣边界地区被奉为“糕中之神”。位于八大碗之首的廿八都豆腐，入得了寻常百姓家，也登得了“帝都”“魔都”的星级酒店。

廿八都豆腐之所以叫“风炉仔豆腐”，是因为炖着这锅豆腐煲的是用泥制成的小火炉子，当地人叫它“风炉仔”。泥炉中间搁着烧红了的炭火，上面放着深褐色陶锅，文火慢炖，豆腐才能慢慢入味。烧红的木炭煲着一锅醇香的豆腐，汤汁浸透了排骨、冬笋的鲜香，等锅热了，咕噜咕噜的气泡一个个冒上来，豆腐也被下面沸腾的汤汁顶着，香气四溢，让人垂涎三尺，忍不住拿起筷子夹起一块送到嘴里：软烂、鲜美、香醇，还有淡淡的烟熏味。在廿八都，无论冬夏，豆腐都这么炖着吃，因为“泥炉不上火，陶锅不走味”。

与普通的豆腐相比，廿八都豆腐显得更硬一些，自带一股炭烧的香味。机器磨浆，土灶柴火大锅煮豆浆，用石膏凝结，与现在所有手工制作的豆腐一样，廿八都豆腐的制作过程其实并无特殊之处。豆腐好吃，在于两点：豆子好，采用本地优质新鲜大豆；水好，从做豆腐到炖豆腐，取用的都是高山泉水。如此做成的豆腐极其鲜嫩、可口，具有浓郁的乡土味。

在廿八都人的心中，豆腐早已不仅是一种食物，更是被保存在岁月之中的生活记忆，永远难以忘怀。

廿八都豆腐手工作坊有七八家，其中谢玉洪家产量最多。谢玉洪已经 60 多岁了，经营豆腐已 20 多年，为了保护廿八都豆腐的品质，还注册了“玉宏”商标。每天下午 5 点开始到第二天凌晨做好豆腐，一早就通过空运或货运到达北京、上海、杭州等大都市，冬季每天的销量达 1.5 吨之多。廿八都豆腐美名远扬，衢州等地菜市场频繁出现假冒豆腐，谢玉洪还得经常忙着打假。其实吃过正宗廿八都豆腐的人都能辨别出来：廿八都豆腐有淡淡的烟熏味，表面颜色会偏黄些，仿制的因掺了米粉颜色偏白；廿八都豆腐闻起来有豆香味；廿八都豆腐韧性好，不像一般豆腐那样，放锅里一铲就碎了。

据说，只有在廿八都才能吃到地道的风炉仔豆腐，卖到外地的豆腐都增加了硬度，即使是正宗的廿八都豆腐，同样的风炉仔同样的炭火，也炖不出地道的味道来，因为水不是廿八都的水。

天色渐渐暗下来，古镇开始飘散豆腐香。几个老友围坐在古街老房子里的桌子边，烫红的炭火，粗糙的陶锅，豆腐在翻滚的白汤间跃动，阵阵热气袅袅升起，暖一壶当地的米酒，乍暖还寒时，屋内有老友，桌上有米酒有豆腐，人生温暖如此，夫复何求？

人间至味豆腐乳

立冬过后，母亲就开始做豆腐乳了。豆腐乳，有的地方叫霉豆腐。

“妈妈牌豆腐乳到时给我拿点不？”闺蜜云红中午发来信息，看来是午饭想吃豆腐乳了。下午杭州的表妹也来预定了。宁波好友金仙每年也都要问这一句——她和我一样“臭味相投”，爱豆腐乳爱到极致的那种。

豆腐乳咸、辣、鲜、香，我和金仙一样，一餐缺它就觉得口中寡淡无味。一玻璃瓶豆腐乳，固定放在餐桌上，早餐吃，午餐吃，晚餐吃。吃完一瓶，从冰箱里再拿出一瓶。每次出门旅游，行李箱里必带一瓶，吃饭时一上桌就被一抢而空。母亲做再多豆腐乳，我到最后还是会“断粮”，两茬接不上的时候，只能在市场上买一点勉强替代。

我上初中就寄宿在学校，隔段时间回家带米带菜，菜是咸菜、腌菜，偶尔会有豆腐干，不变的是一罐豆腐乳。高中三年亦如此，带到学校的菜，一吃就是一两个星期，别的菜吃到长毛为止，只有豆腐乳不怕，怎么放都不会坏。铝制的饭盒里，新蒸的白米饭，上面涂一层豆腐乳，红红的，很下饭。再好吃的东西都架不住天天吃，直到现在，我闻到咸菜的气味还是会反胃，却唯独没有厌倦豆腐乳。

我们家只有我一人爱吃豆腐乳。外婆是做豆腐乳的高手，心灵手巧的母亲传承了这一手艺。水豆腐要做得老一点，压实一点，风干后，切成小方块；在架空的蒸笼里垫上干净的稻草，豆腐放在上面，加上盖子，天气冷时，得加盖旧棉袄；把蒸笼放在阁楼上，静静地等豆腐发霉。

等到雪白的豆腐变成了霉灰色，长长的白毛如霜如雪。第一次看到，被吓了一跳："这东西能吃吗？"母亲却像个专家一样自豪地说："冬至前后，毛长得特别长，豆腐乳就会结皮。"然后母亲把长了白毛的豆腐块在辣椒粉里、盐里滚一滚，等它们全身沾满红的辣椒、白的盐巴后，再小心翼翼地码进瓦罐。

豆腐和豆腐之间要留有缝隙，不能挤不能压，轻轻放下，有时候看起来一瓶不够满，也不能再添了，得保证豆腐块的完整，从瓶外看虽然有点空，但此时每一块豆腐都自由又放松，静待辣椒和盐慢慢渗透、慢慢入味。松是一种心态，心态一松，韵味就来了。这就像写散文，挤压着，就密不透风，一松，闲笔就来了；像过日子，忙碌得喘不过气来时，需要松一松，一松，就看到了美好。

豆腐块码好后，母亲又往瓦罐里倒进黄酒和油，油是山茶油，烧热后放凉。今年母亲打算把紫苏根和香椿叶熬成汤代替黄酒，她说估计会更香。最后，母亲把瓦罐口子密封后，放进背光阴凉的柜子里，等着豆腐在瓦罐里继续发酵——注意，不许惊扰。

豆腐被香香的油和酒浸泡着，包围着，滋润着。我的口水在瓦罐外发酵。“老妈，豆腐乳可以吃了吗？”几次想打开盖子尝尝看，都被母亲制止。立冬过后，我就不再在外面买豆腐乳了，熬着干等。母亲总是不紧不慢地微笑着回答：“快了快了，等一星期就能吃了。”

如今，瓦罐已换成玻璃瓶。又是漫长的一周后，终于看到柔软的豆腐乳在红色的汤汁中熟透了。我也心花怒放，迫不及待地启封，霉豆腐的香味和着浓香的酒味，扑鼻而来。夹一点送到口中，软软的，咸、鲜、香、辣在舌尖跳跃，这就是人间至味啊！

豆腐乳放个一年半载毫无问题。我没见过爷爷，但父亲总说那时候穷，爷爷喝酒时，就从瓦罐里夹一块豆腐乳放在小碟子上，伸出筷子尖蘸一点，送到口中细细品尝，放下筷子后，右手拈起碗放到嘴边，“吱”的一声，那神情快活似神仙。一块豆腐乳能配一两顿酒呢。

豆腐乳是农村必备的家常小菜，可以配粥，可以下饭，半块豆腐乳可以下一大碗白米饭，省菜又省时，在艰苦岁月里，豆腐乳可谓大功臣。豆腐乳吃完后，剩下的汤汁可以拌面条、拌粉干吃，总之是一点都舍不得浪费的。

豆腐乳是日常之物，大味皆日常。人们年复一年地制作豆腐乳，源于对生活的热爱，有了热爱就生出无限智慧。因了这份来自劳动人民的智慧，多少普通之物都能变成美味，无论是过去的艰苦岁月，还是如今忙碌的日子，都会因此变得有滋有味起来。

艾香飘远清明粿

一年一度的清明节到了，又可以吃到艾叶香扑鼻的清明粿了！

周日，我们姐妹仨约好带着孩子，一起回到乡下老家包清明粿去。

清明粿是传统的祭祖食品，其香味主要来自一种叫艾的植物。艾叶不但可以添香，还有药用价值。《本草纲目》记载："艾叶生则微苦太辛，熟则微辛太苦，生温熟热，纯阳也。可以取太阳真火，可以回垂绝元阳。服之则走三阴而逐一切寒湿，转肃杀之气为融和。灸之则透诸经而治百种病邪，起沉疴之人为康泰，其功亦大矣。"

小时候，因为爱吃清明粿，所以采摘艾叶也成了一件快乐的事。

三四月间，正是采食艾叶的好时节，放学后，披着暖暖的阳光，和邻居家的小孩三三两两，挽着精致的竹篮，来到田间小路、山间小溪边采摘艾叶。艾草有独特的香味，凑近了就能嗅到，很好闻。艾草的颜色并不是纯绿色，而是绿色打底，上面覆盖着像霜一样的薄薄的白色。我们左手捏着蓬勃的嫩芽，右手持剪刀，对准根部，“咔嚓”一声，随即放进竹篮。已经长高了的，直接用手掐断丢进篮子。断了的嫩芽渗出一点点艾汁，淡淡地沾在手上，留下浓郁的艾香。艾草和我们一样，喜欢热闹，田埂边，小溪旁，近水的地方，随便一找就找到了。它们喜欢群居，发现了一棵就会有一大窝，有时候连片生长，我们就蹲下来，双手开始忙碌。就算头一天刚被掐过一轮，第二天还是能看到新长的嫩芽。“快快，这里很多。”“哇，这边可肥了。”小伙伴们一个个散落在田野上，埋头苦干起来。打一枪换一个地方，接连转移阵地。当摘满一篮时，便又聚拢在一起，叽叽喳喳，比比谁摘得干净，谁的最嫩，谁的最多。一个个或者盘膝坐在草地上，或者干脆躺在绿草中，深嗅着绿草和泥土的芳香，感觉美美的，待到夜幕降临才匆匆赶回家。晚上，闻着手指间弥漫的独特艾香，香喷喷的清明粿也走进了梦中。

清明粿的制作工序很复杂：粳米和糯米按照一定比例磨好，和好；加上切碎的艾叶，搅拌，做成面团；用水把米粉揉匀，再做成一个个面皮，蒸熟之后放石臼里捣。当然这些都是由能干的妈妈来完成的。我们负责最快乐也最简单的一道工序——包粿子。

阳光灿烂的午后，一家人围着八仙桌，一边听爸爸讲故事，一边叽叽喳喳地包粿子。粿子有各种各样的形状：三角形的，饺子形的，圆形的，而我最喜欢包各种各样的小动物形状：小狗、小鸡、小猪等。“清明鸟”是不可缺少的，圆圆的鸟窝里，栩栩如生的鸟妈妈正孵着几个圆圆的鸟蛋，十分有趣。清明粿里面的馅很讲究，条件好的人家更是花样繁多，有豆腐干、菜根、春笋、榨菜、肉丝等，也有芝麻、豆沙的。

慢慢长大后，离家远了，做清明粿的机会也越来越少了，但是每年的清明节，爸爸妈妈都会问：“要不要回家包清明粿？”如果没时间回去，他们会送来亲手做的清明粿。每每看到青翠的清明粿，感觉分外亲切，整个人顿时被浓浓的亲情和纯朴的乡情所包围。

在都市的饭店里，清明粿也是一种常见的早点，一般都是把艾叶晒干了和面团，但是香味不够浓，没有家乡的味道，没有小时候的味道。

与其说我喜欢过清明节，不如说我喜欢吃清明粿；与其说我喜欢吃清明粿，不如说我喜欢艾叶的味道——那是亲情的味道、家乡的味道。

妈妈的焙糕

小时候，一年之中最期待的节日，除了过年，就是重阳节了。当然，与其说期待重阳节，不如说期待美味的焙糕。

临近重阳节的一个早晨，我们姐妹三个早早地起床，跟着妈妈围着门口的石磨，笨手笨脚地帮忙。母亲耐心地指挥我们加水、加米，偶尔我们不小心倒漏了，她也不发脾气。妹妹个子虽小，却也嚷嚷着要帮忙。我们扶着她爬上凳子偶尔添一次水，她也开心不已。妈妈在一旁“咕吱咕吱”逆时针打着圈拉着石磨，并笑眯眯地看着我们一丝不苟的样子。妈妈总说，只有好心情才能做出好食物。在那个物资匮乏的年代，为儿女做美食，应该是父母最朴素的愿望，也是最大的快乐吧。

当大米变成白色的米浆时，我们就开始期待发酵了。两只木制水桶静静地摆放在厨房门后，里面装着白色米浆，外面盖着白色纱布。“1、2、3……”三双眼睛盯着米浆表面，认真地数气泡。当数到第10个的时候，我们欢呼雀跃：“妈妈妈妈，

廿八都风炉仔豆腐

豆腐乳

有 10 个气泡啦！”妈妈说过，只有 10 个以上的气泡冒出来，才可以开始蒸焙糕。

“小点声，不要惊吓到它！”妈妈蹑手蹑脚地过来，一边示意我们压低声音，一边轻轻地盖好我们刚刚掀起的白色纱布。

不久，气泡渐渐地多了起来，只见妈妈拿起木勺，一勺一勺地轻轻舀起米浆，倒入蒸笼，然后撒上早就炒得半熟的馅料，有榨菜、豆腐干、肉丝、茭白丝、红辣椒丝等，再轻轻加上盖子。我们迫不及待地给灶里添加柴火，灶膛里一片通红，锅里的热水不停翻滚，白色的蒸汽从蒸笼周围慢慢升腾，越来越多，很快就弥漫整个厨房。一缕缕酒酿米浆的混合香味也飘散开来，这香味很快就变成了焙糕的香味。妈妈说，闻一下就知道焙糕是否熟了。

我们的眼睛盯着蒸笼，口水早已挂在下巴上。学着妈妈的样子用手指轻轻快速按压焙糕表面，看到晶莹剔透的焙糕很快地反弹回去，切面有很多洞，就装模作样地夸赞道：“妈妈，成功的！”然后吹着热气，轻咬一口，哇！鲜香美味。刚出锅的焙糕，我一口气能吃四五块。妈妈总是笑着拍拍我的脑袋说：“傻瓜，慢点吃。”焙糕容易消化，妈妈倒也不担心我们吃撑。

等焙糕冷却后，我们将其轻轻叠放进竹篮，用一块干净的纱布盖好，和爸爸一起步行五六公里，将焙糕送给城郊的姨妈和城里的朋友，然后换回甘蔗和各种菜苗。

没吃完的焙糕，妈妈会切成正方形的小块，晒成干；有时干脆不撒馅料，直接把米浆蒸熟了晒干。焙糕干可以保存很久，日后煮起来吃很有弹性，美味依旧。

那时候，每年临近重阳节，家家户户都要做焙糕。而妈妈的手艺是全村公认最好的，她总是被左邻右舍围着讨教经验。妈妈制作的焙糕，虽然外表看上去平淡无奇，味道却出奇的好，就像父母对我们的爱，看似不经意，却暗藏着浓烈的情感，温柔又霸道。

麻糍香飘大陈村

我的老家在江山市城区以北的农村，那里有个传统的节日——老佛节，又叫“麻糍节”，从农历九月二十二到十一月初，历时近两个月。每逢这个节日来临，家家户户都会邀请四方亲朋好友相聚，每一家至少有三五桌客人，那是一年当中最热闹的日子。各地麻糍节时间不同，但庆祝的方式都以吃麻糍、喝酒为主。

二〇一四年十一月十九日，农历十月初十，大陈乡第三届麻糍文化节开幕。把老佛节办成文化节，我还是第一次听说，但人家已经办了三届，更觉得自己孤陋寡闻。听说还有百人春麻糍比赛，怀着好奇的心情，我来到大陈村。

村中心的水泥路旁停着许多早早到达的小轿车、电瓶车，我们只能把车停到相距活动中心五公里之遥的乡政府院内。远远地就听到鼓乐喧天，随着一路飘扬的彩旗，我们来到简朴而富有古韵的大陈村汪氏祠堂，满眼的喜庆给寒冷的冬天增加了热情和温度。

我们一行四人也随着人流挤进祠堂，这时候已经是人山人海。走廊下，天井上，阁楼内，祠堂外，都挤满了人，每个人的脸上都洋溢着期待和喜庆的笑容。这样的情景我已经好多年没有经历过了，只有十多年前的国庆节，在城里的街道才能见到如此热闹的场面、如此拥挤的人群。

我挤进走廊，全然不顾形象，爬上栏杆，远远看到头戴白色厨师高帽的几十位壮汉，还有系着白色围裙的妇女排着队，整装待发。“咚咚——咚咚——”，九时左右，随着大陈村党支部书记汪衍君的一声“开始”，鼓点大作，几十条黄色的绸带整齐地飘起，顿时掀开了石臼，倒进热气腾腾的糯米，木桩一上一下挥动，“扑通、扑通……”，舂麻糍的声音犹如一支欢快的乐曲，唱出了村民丰收的喜悦之情。

位置还是太低，看不过瘾，我艰难地挤进天井，终于可以近距离地欣赏“百人舂麻糍表演”：大家纷纷抡起木桩，甩开双臂，上下捶打着雪白的糯米。舂麻糍是个合作的过程，一个人是无法完成的，打和翻都必须配合默契，打的要准要有节奏，翻的要快更要全面，任何一方存在技术的偏差都舂不出合格的麻糍来，要么打偏了位置，要么错过了糯米的最佳温度。有位大叔身穿薄薄的棉毛衫，束着腰，全神贯注地挥动木桩，古铜色的脸上布满皱纹，额头上已经隐约看到渗出的汗珠。他的搭档是个大妈，身穿红色外衣，挽着衣袖，动作娴熟，翻动及时而有序。这两位配合非常默契，一粒粒糯米在捶打和翻动中变成了雪白的糍粑。

五分钟时间马上到了，这时各个小组也先后舂好了半成品——糍粑，大叔大妈们自豪地展示自己的作品，而后撤出现场，开始制作成品——用手挤出一个个小糍粑团，粘满黑芝麻糖，这才叫真正意义上的麻糍。

村里那些打扮得花枝招展的腰鼓队队员们，充当起了礼仪大嫂，端着一盘盘芝麻香扑鼻的麻糍，送进人群。大家用牙签挑起一个放进嘴里，柔软细腻，香香甜甜，叫人吃了还想吃。

品尝着香甜的麻糍，欣赏了歌曲《母亲》、小品《机遇》、舞蹈《康定情歌》等精彩节目，大陈村麻糍节结束了。人们依依不舍地离开汪氏祠堂，江山籍著名演员何晴那优美的歌声还在耳边缭绕，大陈村的麻糍还在嘴里回味无穷……

江山米糕

寒假前夕，在外求学的女儿央求外婆过年做米糕和冻米糖，说是等她开学后，给同学们尝尝家乡的特色美食。

江山米糕有着非常悠久的历史。最早发明并将它发扬光大的，是唐末黄巢起义的义军。黄巢义军当时在险峻荒蛮、猛兽出没的江山仙霞岭劈山开道三四百公里，直趋福建建州（今建瓯市），从而打通了从浙江江山到福建泉州这一段海上丝绸之路的陆上交通段，成就了这一条海上丝绸之路的繁华。在三四百公里荒山野岭中开山伐道，不用任何添加剂可以保存半年以上的米糕就成为军队最好的干粮。此后千年，十万挑夫奔走往返于仙霞古道上，米糕成为扛饥顶饿的必备品。

江山人过春节前做糕点，米糕是必不可少的，以前农村几乎家家户户都要制作，可以存贮到来年春夏之交。人们外出劳作，口袋里塞几块米糕，一口气干到天黑才回家。小时候一大早跟着母亲拔小竹笋，挎上大竹篮，腰系大围裙，带点米糕就出发，翻山越岭，当口袋里的米糕都换成小竹笋时，已经是下午了。母亲说生我时月子里缺奶，外婆踮着小脚及时送来米糕粉，将我一口一口喂养，奇怪的是我这没喝过几口母乳的娃竟然长得白白胖胖，可见米糕粉非常营养！

米糕蕴含着步步高升的美好祝愿，是江山人春节招待客人、拜年回礼的佳品，尤其是婚嫁等重要的场合更是少不了米糕。家中造房子上梁也要做米糕，将米糕叠成宝塔形供奉在“上横头”，叠得越高越好，以此祝愿生活、工作步步高。

米糕的主要原料是大米，配比约四成糯米、六成籼米，先将两种米混合洗净、浸泡，等米吸饱水后，放入饭甑蒸熟晒干，然后炒熟，呈焦黄色，拌入白糖或红糖，有的还会掺入芝麻、桂花、茴香、橘皮等，细磨成粉，再次入甑蒸熟，切成片状，即为成品。

米糕甜中带香，松酥适口，吃多也不会油腻。刚出炉的米糕冒着热气，香气扑鼻，十分诱人。我最爱吃“糕头糕尾”，也就是切糕剩下的边边角角，暖乎乎，软绵绵，甜丝丝，香喷喷。上学时带一些在书包里，课间同学们都会拿出来互相分享，快乐无比。

母亲通常在冬日的午饭后开始做米糕，和做冻米糖时要“安静专注”不同，做米糕的日子是热闹喧哗的，往往叫上邻居大姨大妈一起帮忙切。做米糕的日子，香甜充盈整个屋子，灶膛里的柴火熊熊燃烧，锅里的热水不停翻滚，蒸箱里的热气、香气袅袅升腾。一锅熟了，母亲抡起菜刀“啪啪”拍打几下，掀去麦秆垫子，在白色的米糕上撒上青红丝，非常好看。我们几个小孩就到邻居家喊：“我家今天做米糕，快来吃呀！”有的人家就带把菜刀过来了：“好，我帮你切糕。”这时候，满屋子“嚓嚓嚓”“哈哈哈”“你家的米糕真好吃”……热闹非常。

做米糕的时间，各家各户都差不多，大家就这么互相帮忙、互相点评、互相赞美，邻里间的美好和谐往往在蒸米糕中产生，谁都忘了前段时间还在为磨米粉插队而拌嘴，忘了两家娃刚刚打过架，忘了你的牛啃了我的菜……

记忆中最有趣的莫过于“偷米糕”了。春节前做好的米糕，母亲有着长远的打算——备着青黄不接时充饥。存放米糕的洋油箱，妈妈总会分开存放，还会藏一部分。明明那么多箱米糕，怎么就吃完了呢？我们计算了一下，断定还有存货。米缸后、柴火堆里、木箱底……找遍各个角落，总会有收获，抽掉几块后分而食之，过几天又去偷。母亲总能发现端倪，却从不声张，更不打骂我们，只是接着偷偷地换地方，我们也接着偷吃。有一次我们怎么也找不到，妹妹躺在竹躺椅上，看着房梁上的一排杉木苦思冥想，忽然眼睛一亮，指着上面大叫“肯定在上面”。我们搬来梯子，小心翼翼地爬上去，一看，果然，一只小巧玲珑的洋油箱安静地等着我们……

如今，母亲已经很多年不做米糕了，她不愿意看到自己亲手做的一点点米糕，从饼干箱里拿进拿出，摆在果盘里一片也少不了，到了夏天便长满虫子，晒了又晒还是吃不完，最终只能磨成粉喂鸡。超市里的糕点琳琅满目，米糕这个曾经立下汗马功劳的老臣似乎只能功成身退了。

然而，随着越来越多游子远行，随着一批又一批大学生外出求学，米糕再一次被唤醒。超市里的糕点哪里都能买到，江山米糕却是独有的，那是妈妈的味道、家的味道、故乡的味道。带着时间印记的江山米糕，唤醒藏在人们心灵深处的浓浓乡愁。

猫耳朵在飞

阳光灿烂的星期天，我们回到婆家常山县铜山村。一只全身雪白的成年猫侧卧着，躺在邻居徐奶奶家门口的水泥地上，四只脚像两双旧袜子一样慵懒放松，肚子微微起伏着。它眯着双眼，嫩红的小嘴微张着朝向天空，两侧的耳朵贴在地上。

85 岁的徐奶奶就坐在门口的小竹靠椅上，双手在一团淡蓝色的棉絮中不停地飞舞，原来是在制作鸡毛掸子，儿媳妇也在屋内成堆的淡蓝色里埋头忙碌。见我们来了，徐奶奶笑容灿烂，高声喊我的名字，一如既往地热情好客，放下手中的活，起身进屋拿出来很多好吃的，果盘里一片片黄灿灿的“猫耳朵”吸引了我。

“今年‘飞’了一点猫耳朵，杭州的小孙子要带去吃。”徐奶奶齐肩的银发整齐地拢在两耳后，古铜色的脸有点消瘦，个子不高却手脚灵活。她思维敏捷，记性好，还记得十几年前我在江山车站工作的时候，给她买过票，安排过好位置。老人家满脸自豪地说："小孩子们原来都不喜欢吃这些，一离开常山到了大城市，我这奶奶呀，就变得吃香咯！"她笑起来露出一排整齐的牙齿。

我看看白猫的耳朵，再瞧瞧手里的"猫耳朵"：椭圆形的，微微有点卷，像蝴蝶的翅膀，这在我娘家江山被称为"蝴蝶酥"。

我第一次吃猫耳朵是在杭州一家糕点老字号，表妹专门带我来排队品尝。其实猫耳朵就是面疙瘩，大小如小指尖，颜色白如玉，都是师傅们用手指一只一只捻成的，很有嚼劲，配上红的火腿、绿的豌豆、白的虾仁，还有瘦肉，就再不是简单的面疙瘩了，而是精致的猫耳朵。这个猫耳朵在常山籍作家周华诚的《草木滋味》一书中有提及，他还写到贾平凹《陕西小吃小识录》中有一样叫"圪坨"或"麻食"的小吃，那是陕西猫耳朵，有机会一定要去品尝品尝。

我捏起一片，塞进嘴巴，"咔嚓"一声脆响，酥脆香甜，美味无比。脚下的白猫却连头都没扭一下，只是微微睁开一只眼睛瞟了我一眼，又合上，继续它的美梦。嘿，这家伙似乎在告诉我：你吃进嘴里的东西跟我一点关系都没有。

徐奶奶说，以前油太贵，舍不得"飞"猫耳朵，现在呢，"飞"了也没人吃，容易上火，超市里好吃的东西太多了，随便买买就是一篮子。

猫耳朵的制作并不复杂，原料是农村常见的番薯。番薯容易种植，不需要花太大精力就可以收获满满。剪根茎插在地上就能成活，藤蔓遍地走，葱葱茏茏的，很快就在地里形成一整片绿色的世界。嫩绿的番薯叶也是一盘好菜，周华诚誉之为“世上最温柔的青菜”。到了秋天，刨开土，干枯的藤蔓下藏着一串串圆滚滚的番薯。

那时候的腊月总是特别冷，屋檐挂满了长长的漂亮的冰凌，哈口气，就吹出蒙蒙的一团雾。但那时也是最快乐的，特别是制作过年美食的时候。

挑选浑圆红润的番薯，去皮煮熟，碾成泥，加入糯米粉，混合均匀，再上笼蒸。面团蒸好后，取出摊凉，加入白糖，随个人喜好，还可以加入芝麻，成品会更香。用擀面杖把面团先擀成薄薄的片，再擀成一整张大块的面皮，均匀刷上一层红糖水，从一端卷到另一端，此时面片呈条状。待稍晾干后，切成薄片，薄片上会有一条从内向外呈螺旋状的红线。这个切片是很考验刀功的，要薄而均匀，不然炸起来，厚的还未熟，薄的却快焦了。

如果面皮被裁切成四四方方的一块，巧妇们便手执剪刀巧手翻飞，不一会儿，一朵朵漂亮的薯花便立在团匾里了。在常山，做薯花的多是从江山嫁过来的媳妇，常山人做得更多的是猫耳朵。

最后还有一道晾干的工序。把切成片的猫耳朵摆在院子里，邻居们来来往往的，看到总会羡慕不已。在那时候，猫耳朵简直就是家庭富裕的象征。

有一年，徐奶奶难得做了一回猫耳朵。冬天的暖阳下，她在仔细翻晒门口团匾里的猫耳朵，那螺旋的红线，点缀着白色的椭圆形，就像手指头一圈圈的“螺线”，阳光下散发着独特的香味。这时走过来两兄妹，小女孩好奇地围着她问东问西——

“奶奶，这是什么？”

“奶奶，这个好吃吗？”

“奶奶，这个吃起来什么味道呢？”

……

小男孩拉扯着她往回走，小女孩的脚却像是被钉住了一般，怎么也走不动，徐奶奶看着那双水汪汪的大眼睛，便微笑着抓了一把塞进她的口袋。原来那是隔壁人家的孩子，兄妹有六个，其他几个哥哥都跟着父母到田里干活去了。

回家后，小哥哥学着妈妈炒冻米的样子，从门前的龙潭溪里淘来干净的细沙，放在锅里炒热后，混着晾干的猫耳朵一起炒。小女孩往灶膛里拼命塞着柴火，小哥哥踮着脚尖，双手握着锅铲，吃力地翻炒着，他记得妈妈说过：“不能停下，要炒匀，不然就焦了。”额头很快出现了细密的汗珠，小女孩也满脸黑炭。小哥哥看了一眼想笑却没工夫笑，手忙，脚忙，眼睛忙，全神贯注地忙。

终于，在滚烫的细沙中，猫耳朵从白色渐渐变成淡黄色，不断地冒出来，不断地卷曲，像一只只蝴蝶飞起来，装饰着棕黄的细沙和黑色的锅，漂亮极了。香味随之弥漫，噘起嘴巴呼呼吹几下，吹落沙子，吹散热气，薄薄的，一片一片，或微微卷曲，或膨胀展开，阳光下就像美丽的花瓣。这只猫耳朵很快就飞进了小嘴巴，“咔嚓”，松脆香甜，瞬间幸福洋溢在小女孩的脸上，对于六兄妹来说，那是个甜蜜的夜晚、难忘的夜晚。

猫耳朵多是油炸的，一般选用菜籽油，又香又容易上色，晾干后的猫耳朵在油中一炸，金灿灿的！这个过程比较费油，油被炸过后就成了老油，再烧菜就不好吃了。所以在以前的农村，富裕一点的家庭过年才会“飞”猫耳朵，作为招待亲友的美味小点心。在拜年的回礼篮子里，金黄色的猫耳朵得意扬扬地躺在最上面一层，慵懒而惬意，就像那只睡在阳光下的白猫。

“飞”，多么诗意的动词，多么飘逸的动作，多么生动的修辞。我问徐奶奶：“为何说‘飞’而不是‘炸’？”她说：“老一辈人都说‘飞’，就这么延续下来了。”我感慨万千，在慢城常山，生活总是如此诗意，看似普通的农妇，却如此精致地生活着，如睡猫一样放松、闲适。

许多年以后，当隔壁人家的小男孩参军回乡，带了战友送的泥螺、生姜酱、麻饼等土特产专门探望徐奶奶时，她才知道，她的那些猫耳朵飞进了孩子们的童年，善良的种子也被撒进了孩子们的心中。

那个用河沙“飞”猫耳朵的小男孩，后来成了我的丈夫。

甜蜜的米爆糖

乡村冬天的一个夜晚，屋外雪花纷飞，静悄悄的。屋内也静悄悄的，父亲在灶前有条不紊地忙碌着，灶膛的柴火温和地燃烧着，麦芽糖在大锅里翻腾着，空气中弥漫着清香。父亲不停地搅拌着，拿勺子舀了舀，伸出中指沾了一点糖，大拇指迎上去磨了磨后两指张开，举高，就着昏黄的灯光，看着金色的糖丝在指尖慢慢拉长，弹，弹，弹，父亲消瘦的脸上绽放出幸福的微笑……

旁边鸡舍里早已响起若有若无的唧唧声，两头小白猪的呼噜声此起彼伏，它们都做起了美梦。厨房暖烘烘的，很快唤来了瞌睡虫，我们熬不住，便跌跌撞撞地爬到床上去。睡意蒙眬中，隐约传来“嚓嚓嚓嚓”的声音，暖暖的甜蜜从厨房弥漫到鼻腔，弥漫到梦里……

第二天醒来，窗外已是白雪皑皑、银装素裹的明亮世界。屋内，香甜的气息弥漫，那是米爆糖独有的味道。一条条米爆糖，整整齐齐地摆放在桌子上，旁边的几只洋油箱，有的已经装满密封着，沉沉的。我们迫不及待地在衣角上擦了擦双手，小心翼翼地捏起一片，送进嘴巴，“嚓嚓嚓”，清脆香甜便在舌尖绽放，顿时心满意足。这意味着到来年油菜花开，我们都会有美食相伴了。米爆糖在传统年节中具有相当重要的地位。春节前后，家家户户招待客人，总缺不了米爆糖。拜年回礼的篮子里，垫在篮底的是沉甸甸的米糕，然后就是米爆糖、薯片，条件好的人家上面会再铺几片猫耳朵，鸡蛋稳稳地安放在篮子边沿。

晒冻米的时候，家家户户都把竹簟、团匾搬了出来，长长的竹簟铺展在门口的田野上，白白的糯米舒展地晒着太阳。孩子们中午放学回家，都先到田里搓开自家那些结块的冻米，直到妈妈喊吃饭了才回家。晚上一家人继续用手搓，冬天里的冻米像针一样扎手，我们的小手总是搓得又红又疼。

米糕太普通，猫耳朵不常有，于是米爆糖成了我的最爱。母亲总是把它藏在楼上，又藏起了梯子。才多大的房子啊，找个梯子太简单了，找不到的时候还可以到邻居家借嘛。我参军以后，父亲每年都会做一箱米糕，装进尿素袋里，背着送到部队。战友们也会从老家带来泥螺、生姜酱、麻饼等各色美食特产。但是很奇怪，每个人都只喜欢自己父母做的东西。

时至今日，诸如炸薯片、米爆糖之类的甜点小吃，早已可以通过机器生产了，超市里各种糕点应有尽有，农村的制作高手们很多年没有了用武之地。想当年，父亲这样的师傅可是经常行走于各个村庄给乡亲们制作米爆糖呢，那是一份甜蜜的荣耀。

有一年冬日的下午，舅妈学着老师傅们的样子，也尝试着制作米爆糖，眼看着麦芽糖拉丝拉得好长，我们七嘴八舌地催促，最后硬是没凝结成块，散落一桶。我们七八个小鬼倒是乐开了花，抢着抓起来就往嘴里塞，白的冻米花粒、黑的芝麻粒粘满脸，手足无措的舅妈尴尬又惋惜地说："这事奇怪的，估计是吵闹惊吓了糖的凝结……"

剩下的冻米几天后因父亲的到来变成了一片片漂亮的米爆糖。我们依旧围着灶头烧火看热闹。到底有什么窍门？父亲神情庄重地说："确实是一种感觉。"好像李白酒后就有了作诗的感觉，作家有了灵感便文思泉涌。制作美食肯定也是要有天赋的，掌握各种火候需要独特的敏感性，其实也是来自无数次经验的积累。

糖真的会受到惊吓吗？因为家里人多，每次过年要做一担的糯米。"不要惊扰到糖！"虽然算不上秘诀，却是父亲制作米爆糖的规矩。究其原因，大概是门一开一合，冷气进入影响麦芽糖的温度；人大呼小叫，会分了制糖人的心。记忆里，凡是客人来了，是不能走厨房门的，走大门也得蹑手蹑脚，快速进来快速关门，还不得高声喧哗。我想这更多的是一种虔诚的仪式感吧。父亲每做成一锅米爆糖，都要用手捏成一小团安放在灶头，说是孝敬灶神，是灶神保佑这锅米爆糖的成功。我觉得那更是对粮食、对劳动的敬重。

其实，乡下的冬天，也只有深夜大人们才能空闲下来全神贯注地完成年味美食的制作。米爆糖、炸薯片、炸薯花……无不是如此。其实，写文章不也如此嘛，所谓一气呵成，需要静心构思酝酿，也需要专心致志地书写，而心存敬畏，才能打磨出更高质量的文章来。

以上这些，是孩子爸对米爆糖的甜蜜回忆。每每聊起他最爱的米爆糖时，他总是眉飞色舞。

这看似普通的家常美食，居然已经传承了千年。相传五代时，吴越国镇东节度使詹尧臣奉命守护钱王祖墓，百姓将当地最珍贵的糯米饭献给将士作口粮。因天寒地冻，糯米饭被冻成晶体，无奈之下只得下锅再炒，而詹尧臣所带的将士多为苏杭一带人，喜爱甜食，便将炒过变成爆米花的糯米饭就蔗糖吃，这就是最原始的冻米糖。慢慢地，这种用糯米和蔗糖做成的糕点就在吴越民间流传开来，经过不知道多少代的改进，形成了现在的冻米糖，成了江浙一带的美味小吃。

在安徽黄山流传一句俗语："过年不带麻酥糖，请君不要入厅堂。"这足以看出这里的人们对"甜蜜年味"的偏爱。前些年，开化县的"齐詹记冻米糖制作技艺"被列入浙江省非物质文化遗产保护名录。以齐詹记为代表的开化冻米糖又被誉为"华东十大特色小吃"之一。而常山的米爆糖，在整个衢州是公认的好吃，只是常山人低调内敛，不喜张扬。

手工制作的米爆糖色泽鲜艳，清脆香甜，花样繁多，更因为加入了父母们的劳作和智慧，而变成了无可取代的“家的味道”，已然成为游子们甜蜜而深沉的乡愁，令人念念不忘。

婆婆的索面

婆婆的厨艺实在是不敢恭维，唯独煮的索面美味无比，令人回味无穷。

多年前我们一家人第一次来到常山，准公公招待我们的是：每人一杯热气腾腾的新茶，接着抱出一畚斗晒干的花生，然后是每人一碗香气扑鼻的索面。吃好了索面，很快就到了午饭时间，又是一大桌子色香味俱佳的菜肴。父亲很满意，常山人的热情远近有名，亲身体验后感觉更是不同。后来才知道，花生是邻居家买来的，午饭也不是准婆婆烧的，是请来了村里最好的厨师。但这又怎样呢，反正父亲觉得这样的人家实在，诚意十足。于是这门婚事就定了，我也就成了常山媳妇。

婆婆手大脚大，头大脸大，宽大的额头上，刘海梳得整整齐齐，没有一丝散乱，笑起来的时候还挺亲切，但大部分时间没有表情，或者拉着脸。她不善言辞，脾气也不坏，就是少了点亲近感。干起活来慢条斯理，貌似不够灵活，没啥效率。操一口地道的常山腔，我基本听不懂。公公正好相反，黝黑瘦小，天资聪慧，思维敏捷，情商极高，待人和善，江山话也说得非常流利，他烧制的砖瓦远近有名。

婆媳之间，矛盾难免，但每次公公都能巧妙化解。他有两个法宝：第一个就是在老家人面前讲我的好话，哪怕我只做了一点小事，每次我回到常山老家村子里，左邻右舍都投来羡慕尊敬的目光，有的当面就夸赞道“你公公说你很孝顺，很有文化……”；第二个法宝，就是烧一碗索面。

在我们家里，没有什么矛盾是一碗索面不能解决的，如果不能，那就来两碗。

索面历史久远，相传宋太祖赵匡胤喜食此面，传旨年年进贡，因此得名“贡面”。《常山县志》记载：“贡面用盐水调和拉制晾干而成，吃时调以辣油、香葱，有子鲞（汆鸡蛋）、火腿作浇头更佳。”

以前在常山农村，索面同样金贵。只有生日、大年初一、上梁归屋这些重要的日子才能吃到，再者就是小麦收割后，农户们会拿新麦粉去兑换些。公婆待我如贵宾，每次回去，婆婆就会烧一碗索面，这也是她最拿手的厨艺。

那时候，从江山出发，中巴车颠簸一个多小时后才到达婆婆家。每次在井水里洗把脸，回到屋，桌子上就已经摆着一只青瓷大碗，里面白如银细如丝的面条整齐排列着，碧绿的葱花点缀着。青的碗，白的面，绿的葱，红的辣椒，色彩十分鲜艳。

索面独有的香气立马钻入鼻孔，此时我的口水已有三尺长，赶紧拿起筷子把面挑松，在满满的汤水里搅拌一下，再轻轻夹起几根，举高了手臂再放下，“哧溜”一声吸进嘴里，咸鲜香软的细面条暖暖地缓缓地流淌到胃里，幸福感瞬间充盈全身所有的细胞。“哧溜哧溜”，一碗面条连汤带水很快吃个精光，心满意足。婆婆在一旁，笑容洋溢在脸上，没有什么比这样的肯定更简单更直白了。

在以后的日子里，我们婆媳之间便有了美好的纽带。坐月子时，每天下午的“借力”（常山方言，即加餐、夜宵等）就是索面，下面再卧个鸡蛋，既养胃又催奶。后来加班晚归，公公总是提醒婆婆：“快下一碗面！”有了这碗索面，我们的关系更加融洽。

煮索面是很方便的，用常山野生茶油或者猪油、醋、葱、姜末、辣椒面等佐料打底。一锅水煮开，舀出一大勺滚烫的开水冲进佐料碗中拌匀，再把索面丢进锅中煮两三分钟，水再次沸腾后即可夹出面条，浸入汤碗中，索面是咸的，不用放盐。

每当家里有人受风寒感冒时，婆婆都会煮一碗索面，加足葱、姜、辣椒面，热乎乎地吃下，然后蒙上被子发汗，效果奇好。

女儿也很喜欢吃索面，小时候学着孙悟空吃面的样子，夹起长长的面条爬上椅子，一脸惊诧地“哇哇”直叫。索面一般有八九十厘米长，用小红纸条捆起形成一小扎，红白配，很喜庆。煮的时候，要折断。农村人举行归屋仪式时，会把索面叠成塔状，用绿柏枝红剪纸装扮，意味着久久长长。

常山籍作家周华诚对家乡索面也念念不忘，书中有多处关于索面的描写。如《吃米还是吃面》：“热辣辣，油汪汪，滑溜溜，吃得额头冒出汗，却停不下来……”；《一碗乡愁的面》：“捆成丫鬟的‘8’字形发辫一般，丝丝纤细。”他写和弟弟妹妹吃面的场景：“红的红，绿的绿，白的白，黄的黄，令人赏心悦目……香气四溢啊，忍不住吞一下口水，喉结不由自主上下滑动，赶紧开吃吧！”

关于美食，周华诚老师从来不吝笔墨，在他诸多的散文集中，如《陪花再坐一会儿》《草木滋味》《素履以往》《一饭一世界》《一日不作　一日不食》等，都有关于美食的描写，真正的美食家，总是这样热爱生活。苏东坡的《老饕赋》让吃货们有了另一个更有灵气的别称——老饕。

周华诚和当年的苏东坡一样，豁达乐观，把日子过成了诗。就像常山的一碗索面，满满当当的汤水，一根根面清清爽爽地徜徉其中，以放松的、最美的姿态展现在食客面前。周华诚的散文，是世俗生活的美好记录，其见情见性的挥洒，独具匠心，自然平实，充满诗意和宁静。

婆婆对待索面，如同周华诚对待文字一样，用心用情。公公婆婆的生活态度，为儿孙们树立了榜样。索面不仅美味，更是游子心中对故乡的挂念，绵远悠长……

开化汽糕

当我们一行人走进开化县长虹乡霞川村河滩自然村一户农家时，女主人热情地端出两大盘刚出炉的开化汽糕来招待我们，看着这个香味独特的“东方比萨”，我们倍感亲切。

其实汽糕在我的家乡江山也有，记得20世纪90年代前的农村，几乎家家户户都会制作，我们称之为“焙糕”，后来进了酒店后，被叫作“皮粿”。那时候我们只在重阳节制作汽糕，工序和开化汽糕相同，也是泡米、磨浆、发酵、蒸熟。雪白的糕面上镶嵌着茭白丝、榨菜丝、猪肉丝、豆腐干、红辣椒，非常漂亮，吃在嘴里，柔软又富有弹性，味道鲜美可口。吃不完的焙糕，就切成正方形小块晒成干，有的人家干脆不撒馅料，直接把米浆蒸熟了晒干。焙糕干可以保存很久，煮起来吃很有弹性，依然很美味。可惜母亲不做焙糕已经很多年了。

开化汽糕在当地有着悠久的历史，民国《开化县志》记载：“重阳，则以米和水磨浆，蒸为汽糕食之。”

1984 年出版的《金华地方风俗志》中记载，开化“七月半以食汽糕为多”。开化人几乎都会发汽糕，尤其每年农历七月半、重阳节，家家户户都会蒸上几笼汽糕，就像端午吃粽子、中秋吃月饼一样，这一习俗一直延续至今。开化汽糕的制作工艺非常讲究，对水质和环境要求也高。有不少人尝试把汽糕引进杭州、上海等地，然而，在异地制作的汽糕，即使用相同的材料和工艺，也蒸不出开化当地的口味，这也是开化汽糕的独特魅力吧。

无论严寒还是酷暑，每个清晨，能够唤醒开化人胃口的，一定是洁白瓷实的汽糕。在街头巷尾的早餐店，在寻常人家的饭桌上，一碗稀粥，一块汽糕，开化人的一天开始了。

相比于江山焙糕，开化汽糕的品种更丰富，有山茶油汽糕、乌饭汽糕、五城豆腐干汽糕；有的黑白相间，有的五颜六色，有甜的，也有咸的，简直让人眼花缭乱。近年来，开化还兴起了吃汽糕干，一些当地农民开始尝试将新鲜汽糕放在土灶上烘制成干，不仅吃得出浓浓的汽糕味，而且便于存放。

勤劳智慧的开化人将汽糕这一传统美食发扬光大，汽糕里有乡愁，也有产业，于是开化有了汽糕产业发展办公室。如今的开化汽糕已经远销杭州、上海、甘肃、内蒙古等地，还先后获得“中国名点”“浙江十大农家特色小吃”殊荣。

开化汽糕和江山焙糕等许多地方点心一样，交织了节日的味道、时间的味道和亲情的味道，藏在每一个游子的心中，才下舌尖，又上心头。

陪你一起吃饭

小时候，难得进城，最向往的是江城解放路那间饮食店里的馄饨。那里的馄饨晶莹剔透，薄得透明的外皮在清汤中张开，像是仙女的羽纱，里面的肉馅若隐若现，一小块白色的猪油在热汤中迅速融化，弥漫在整个瓷碗表面，绿色的葱花点缀在酱油和醋调制的汤上面，缕缕热气扭着腰慢慢升腾，诱人的香味顿时令我口水直流。开吃吧！还等什么呀？舀起一调羹就往嘴里送，“唰唰唰”地狼吞虎咽，连葱花都给舔得一粒不剩，“还没仔细品呢，怎么就吃完了呢？”就像《西游记》里吃人参果的猪八戒，后悔莫及。

“连吃两碗”那时是绝对不敢有的想法。于是，就看着包馄饨的坐在那里娴熟地用一根竹片沾上馅儿，在薄薄的皮上轻轻地一抹，随意那么一捏就做成了一个漂亮的馄饨，那种自在洒脱的范儿，令我羡慕不已。

后来只要有机会吃馄饨，总是努力延长吃的过程，细细品味，那滚烫的、香香的、鲜鲜的馄饨，裹挟着汤水，顺滑地溜进嘴巴，直抵胃部，那时觉得人间美味就是如此了。可惜就算是这样，还是觉得吃的速度太快了，一碗的量太少了。直到穿白色工作服的胖大娘咄咄逼人地出现，我才落荒而逃。唇齿间还留着葱花、鲜肉、面、醋混合的特有的馄饨香味，哎呀，嘴巴都舍不得擦干净，完全不过瘾。从那以后，每次进城都要缠着母亲带我去吃馄饨，那时候城市的印象就像馄饨一样鲜美和奢侈。

高二暑假，在同村徐姐的带领下我第一次出远门，到金华一家小饭店打工，洗碗、洗菜、打扫卫生，生活艰苦又充满新奇。看徐姐用电炒锅缓慢地把青菜炒到发黄，在烤箱一样的木板宿舍里汗流浃背地吃饭，那样的日子单纯而快乐。

大学毕业后，我毫不犹豫地选择在当时江城最高档的饭店就业，从服务员开始到餐饮管理，一干就是七年，工作中总在照顾顾客的每一餐，自己的饭也只是匆匆地吃上几口。晚上下班后，已经差不多十点了，几个同事来到城中路的路边大排档，或者南二街的馄饨店，吸螺蛳，啃兔头，喝啤酒，聊工作，谈生活，喝到半醉后，高歌着走回家。在这些朋友的陪伴下，我这个乡下人似乎已经被这个城市接纳。

每一次高兴或伤心时，约上几个好友吃牛排，或者没有任何理由也会聚在一起吃个饭喝个咖啡。

不知道从何时开始，已经不再为“乡里乡气”的评价而伤怀，才发现自己在意的并不是是否已成为城里人，而是自己无论成为什么人，无论什么时候，有谁会陪我一起吃饭。

无论吃什么，吃的其实是亲情、友情或爱情。所以，在每个平淡的日子里，我们应该吃好每一顿饭，享受这平凡又不可或缺的快乐。而这快乐的真谛，就是总有一个人陪伴着你一起吃饭。

所以，在这短暂又漫长的生命里，珍惜每一个肯陪你吃饭的人吧。

第三辑

小时候

又见樱桃红

春末夏初，一个温暖的午后，下班走出公司大门，就听到阵阵吆喝声："卖樱桃了，新鲜的樱桃……"循声看去，只见一位大娘挎着一个宽大的竹篮，走走停停地叫卖，见我们过来，干脆蹲下来，把篮子放在地上供大家挑选。篮子里摆放着红彤彤的樱桃，一颗颗，小巧玲珑，晶莹剔透，鲜嫩欲滴。大娘对我们说："五元一两，可以先尝尝。"我挑了一颗放进嘴里，细细地品味。

多么鲜甜的味道啊，滋润了我的舌尖，也湿润了我的双眼……这久违的味道，分明是外婆的味道呀！

外婆离开我们已经很多年了，她生前最疼爱我。母亲说生我那会儿，生活艰苦，她没有奶水，是外婆送来的米粉把我喂养长大的。外婆看我长得白白胖胖的，很有成就感，总是很骄傲地对别人说："这个娜妮的命不一般，是个有福气的人。"

外婆家住得远，可她隔三岔五总会挪着三寸金莲来看我。

也是这样温暖的午后，外婆穿着深蓝色的褂子，精致的布制纽扣像一只只美丽的蝴蝶栖息在她的身上，头发梳得光溜溜的，露出宽大的前额，脑后的发髻上横插着一根银质的发簪，那个漂亮的坠子总是一晃一晃的，在阳光下闪闪发亮。外婆挎着一个精致的细篾竹篮，用一方白底青花布盖着。我知道花布下面一定有好东西，远远地迎上去，欢天喜地地呼唤着“外婆，外婆……”

“哎——哎——”外婆听到喊声后停下来，一边把右手掌放在前额挡阳光，一边气喘吁吁地回应，那声音断断续续，却又那么欢欣悦耳。她消瘦的脸上骄傲地开出一朵花，满脸的皱纹也随之堆起。她掀开花布，露出一碗红彤彤的水果。外婆说，这是樱桃，得慢慢品尝。我抓起一个就塞进嘴里。“慢慢吃才好吃”，外婆和蔼地看着我，不停叮嘱。我却迫不及待地猛咬，哎呀，又鲜又甜又多汁，一下子就被我消灭了一个。外婆又笑着摸着我的小脑瓜说：“傻丫头，一口一口慢慢吃才好吃。吃快了就浪费了。”说着，挑了一枚最大最红的给我。我在衣服上擦了擦手，捏起樱桃那根纤长的柄。这枚樱桃红得发黑，像宝石一般，在阳光下熠熠夺目。我按外婆说的，张开小嘴用两颗门牙轻轻咬下去，美好的感觉瞬间在舌尖绽放，外皮有点脆，果肉有点软，甜而不腻。汁水刚刚好，不像熟透的桃子一口下去，得伸长了脖子，另一只手还得在下巴那里接着顺嘴角流下来的汁水。香味呢，淡淡的，若有若无，如今想来就像高端的香水，幽幽的、淡淡的，不知从何而来。外婆在一旁笑吟吟地看着我陶醉的样子，说："对，樱桃就该这么吃！"

那么一小碗樱桃，一家五口人，爸妈不吃，我们姐妹三个连塞牙缝都不够，真的不过瘾，难怪外婆说这些是拿来品尝的。我干脆跟着外婆到树上摘着吃。

樱桃树就在外婆家门口，红艳欲滴的樱桃掩映在绿叶丛中，在阳光的照耀下，闪着迷人的光芒，就像许多红宝石缀在枝头。那一颗颗诱人的樱桃，正调皮地眨巴着眼睛冲我微笑呢。樱桃熟了就得抓紧摘下，且不易保存，摘下来只要放上一天，味道、颜色就变了。小鸟好像比人更聪明，更懂得一枚果子何时成熟，总是抢先啄食。

于是外婆早早地起床，拿着一根长长的竹竿，上面扎着白色布条，在树底下忙着驱赶和我一样贪吃的小鸟，累了就坐在门口的躺椅上休息一会儿。鸟儿叽叽喳喳地飞到树上，外婆就在树下不停地挥舞着竹竿，嘴里发出"呜嘘——呜嘘"的声音，驱赶着鸟儿；有时候鸟儿悄悄地飞来，却依然逃不过外婆的法眼，她不停地跺脚，就像对我们的淘气表示不满。我总是好奇地问："那么远您又看不见，怎么知道鸟来了呢？"外婆笑着拍拍胸脯，骄傲地回答："我是谁？我是神仙啊！"

连上厕所的一小会儿，外婆都要叫我替她看着。她回来时，会很严肃地询问："刚才有没有鸟来过？"我说："来过，被我赶跑了。"于是外婆就抚摸着我的小脑瓜，满意地直点头。

一碗馄饨

樱桃

午饭呢，叫舅妈送过来，真是一刻也舍不得放松。我常常陪着外婆赶小鸟，摘下几颗红透的樱桃来吃，有的已经被小鸟吃了一口，那也舍不得丢掉，洗洗给我吃，外婆总是安慰我道：“别看它破，鸟吃过的才是最甜的嘞。”我累了就依偎在外婆的腿上，她一边拍着我的背，一边给我讲故事，讲从前她和外公种植的大片大片的果林：桃子、李子、枇杷、杏子、樱桃……什么果树都有，到了果实成熟的季节，那一派丰收的景象仿佛就在眼前。

外婆说，如果不是因为动乱年代里果林惨遭破坏，现在我还用得着在这里为了几颗樱桃和小鸟过不去吗？早把你们几个小鬼的肚皮撑得鼓鼓的了。说到伤心处，外婆总是泪流满面。那时候因为失去果林，外公悲痛离世，坚强的外婆拉扯五个孩子艰难地生活。可是，她把眼睛哭坏了。而这棵樱桃树，是那片果林的延续，是外婆的寄托，也是她的心血。

就这样，外婆为了能给十几个孙辈们尝尝樱桃，精心打理着这棵樱桃树，不厌其烦地跟小鸟们“战斗”着。

在樱桃成熟最多的那几天，外婆早早地起床，打扮得漂漂亮亮。樱桃上还挂着晶莹的露珠，在阳光下闪闪发光，她总兴冲冲地叫上小舅舅一起搬个板凳爬上去，小心翼翼地采摘，然后用碗分成好几份，给亲戚朋友送去。精挑细选后，最好最多的一定是给我的，而且一定是她亲自送来。她常常说，这个外孙女没喝过多少母乳，有什么好吃的，一定要留给她。

那时候，“我外婆来啦”“我去外婆家玩了”，都是我炫耀的资本，每次谈起外婆，总会引来小伙伴们羡慕的目光。

俗话说，“樱桃好吃树难栽”，樱桃在我们江南一带其实不容易生长。自从外婆去世后，没人懂得管理樱桃树，更没有人起早摸黑地赶小鸟，我们就再也没有吃过外婆家的樱桃了。那棵树后来因为修路也被砍了。如今想起来，外婆就是那个给子孙们送福气的人啊！

“娜妮，买不买？”大娘的话打断了我的思绪。

“买！买！”我吸了吸鼻子。

门前那棵桃树

“从前，外婆家门前有棵桃树，春天桃花灿烂……”女儿小的时候，我常常给她讲这样的故事，她听着听着便进入了梦乡，梦里露出甜甜的微笑。

母亲说我出生之前就有这棵桃树了。桃树有三根粗壮的树干，一根像把伞似的向上直立着，一根横在邻居家的菜园上空，另一根像披着斗篷的卫士护着家门。桃树是我童年的快乐所在。我常和小伙伴们在树枝间攀爬嬉闹，有时候稳稳地坐在枝丫间，对着不远处的田野放声歌唱。

绵绵春雨里，桃树最先开花，灿烂的花朵粉红耀眼，像极了母亲永远晒不黑的脸。一阵风或一场雨过来，便纷纷扬扬地下起桃花雨。看到那满地的落花，我不觉心生疑惑，为什么非要等到花儿谢去才会长桃子呢？满树的花儿、果子都在枝头岂不更美！

桃花谢后，一个个桃子便长出来了，最让我期待的是桃子成熟的季节。茂密的绿叶丛里桃子密密麻麻，每天我就坐在门槛上看着它们由小变大，由绿变红。熟透的桃子水灵灵的，一圈红晕从尖部渐渐弥漫开来，像极了巧施脂粉的少女，搽上胭红后，娇艳欲滴；又像一个个喝醉酒的佳人，红彤彤的脸，风情万种，妩媚动人。一颗颗硕大的桃子把枝条压得弯弯的，母亲便用木棍小心地撑起来。母亲总是站在树下笑盈盈地看着桃子，她是在盘算着这些桃子可以给她的孩子们换回几件新衣裳呢。我问母亲这个桃叫什么名字，母亲说，你看桃子多漂亮啊，叫美人桃！可不是吗？桃如美人，美人似桃。

眼看着桃子一个个争先恐后地成熟了，母亲会领着我们早早起床，爬上桃树，摘下挂着露珠的桃子，挑到十里以外的集市上去卖。母亲还会分出一部分叫我们送到外婆、姨妈、姑姑家。而那些长相丑的，被虫子啃过的，则留着我们自己吃。擦掉外皮上那层细细的茸毛，然后开心地对准红色的桃尖下口，白色的桃汁流出来，瞬间美味在舌尖弥漫，又鲜又甜。妹妹喜欢软桃，甜得发腻；我喜欢硬桃，脆脆的，不会太甜太腻，却比黄瓜香甜，比西红柿爽脆。

桃树与屋檐仅隔三四米，母亲在屋檐下系了根绳子，另一端就套在桃树的脖子上，晴天里绳子上晾满了母亲为我们洗净的衣服。夏夜里，母亲则搬出竹床，把蚊帐吊在绳子上，我们钻进蚊帐里，看星星和月亮，斑驳的桃树影像条床单盖在身上，母亲一边跟我们讲傻子女婿的故事，一边用麦秆扇“啪嗒啪嗒”

地赶着蚊虫……

长大后，回老家便少了些，这棵桃树不知道什么时候竟被砍掉了，门前种上了桂花树、胡柚树、杏树，屋后则是竹林，整座房子依旧被绿色包围着。每次带着女儿回家，站在家门口迎接我的是白发苍苍的母亲，她像一棵历经沧桑的桃树，皱巴巴的脸上盛开着桃花般灿烂的笑容。

有一个人永远记得你的生日

一个煮鸡蛋，一碗长寿面，满怀着母亲默默的期盼和深深的祝福，吃完便高高兴兴地上学去，直到参加工作，每年生日都是如此。

我从学校毕业后，阴差阳错选择了服务行业，工作地点是离老家八公里的城市，于是总在别人放假的时候忙碌，年夜饭都很少能回老家吃，生日就更不用说了。但母亲总会在我生日的前一天提醒："明天生日，记得吃一个煮鸡蛋、一碗长寿面。"那时候农村里没有电话，母亲会找机会坐中巴车颠簸近一个小时赶到我的工作单位，就为了提醒那句话——"明天生日，记得吃一个煮鸡蛋、一碗长寿面"。可我很少会执行，甚至有些不耐烦："这种事又不是什么大事，还专门跑过来不嫌麻烦吗？"后来有了爱人，他会送上艳丽的玫瑰、用心的礼物，我更是把母亲的叮嘱抛在脑后，置之不理。

十几年过去了，那个他已经成为孩子的爸爸，恋爱的浪漫逐渐被生活的琐碎所淹没，没有了玫瑰，也没有了礼物，甚至有时候连日期也会忘记。

可是母亲从来不会忘记。后来老家村里有了公用电话，母亲就打我的 BP 机（寻呼机）提醒；家里装了电话后，母亲会选择在我下班的时间提醒。如果没有母亲的提醒，有些年连我自己都忘了生日，更别说鲜花和蛋糕了。

如今，有了智能手机，七十多岁的母亲学会了玩微信，全家近二十口人，女儿、女婿、外孙、外孙女，每一个人的生日，母亲都记得，一大早都会发个红包，用她那一点都不标准的普通话说上一句“生日快乐”。一觉醒来，看到满群的红包、祝福、蛋糕、鲜花，所有人心里都是深深的感动、满满的幸福。

今天早上，母亲来电说：“今天你生日，给你杀了一只鸡，是你自己回来吃呢，还是我炖好给你送去？”以前在我们家，吃整只鸡是最高规格的待遇，很小的时候我们一年只能在除夕夜吃一次。母亲因为没能在姐姐长身体的时候炖一只鸡给她补充营养而愧疚不已，到现在还时常说起。如今农村人已经不养猪不种田了，但母亲坚持养鸡，从来不卖，只给家里人吃。生日、过节、小孩子长身体时，甚至没有特殊理由的周末，母亲都会炖一只鸡给大家吃。

母亲最后还不忘叮嘱我：“记得吃一个煮鸡蛋、一碗长寿面！”电话那头从来没有多余的话，很快就挂断了。母亲不善言辞，这简单的只言片语，却让人一辈子无法忘记。

于是，自己下了面条，煮了鸡蛋，像小时候一样，吃完便高高兴兴地上班去了，带着母亲默默的期盼和深深的祝福。

好吃好吃

很惭愧，我竟然不知道母亲喜欢吃什么，而且姐姐和妹妹也和我一样。

我们只知道她的牙不好，每次回老家只会给她买香蕉之类的水果，父亲的喜好我们却能如数家珍般一一道来：豆腐干、蝴蝶酥、饼干、杨梅、青枣等。原因很简单，母亲不善言辞，吃东西不挑，似乎什么都吃，吃完也不发表意见，而父亲每次吃东西都会说：“哇，好吃好吃！”

一日三餐，因为有父亲在，吃饭变成了一件快乐的事。儿时有段时间家里没有米，只能吃番薯，放学回到家打开锅盖，满锅红红的番薯整整齐齐地出现在眼前，唉，看来得连着好几天吃番薯了！闻着迎面飘来的味道我们不禁皱起眉头。父亲却二话不说，迅速拿出一个，因为烫手，双手轮流丢着散热，就像杂技表演，嘴里呼呼地吹着热气，剥掉番薯红色的外皮，深吸一口气，眯着眼很陶醉地说：“啊，真香啊！”而后咬了一小口，津津有味地吃起来，还不住地赞美：“嗯……真甜，好吃，今天的番薯好……真好吃！好吃好吃！”在父亲的啧啧称赞中，我们被感染了，也忍不住伸出手去拿。这时父亲就帮着我们挑：“这个粉点，那只嫩点。”站在一旁原本忧心忡忡的母亲露出了笑脸。接下来的那段日子，父亲总是指导母亲变着花样做番薯，有番薯粥、番薯丝、番薯片等。

吃番薯的日子不长，后来就有了米饭吃。没菜的时候，父亲就带着我们干嚼白米饭，那时候的米饭是那么的香那么的甜！有时候父亲拿出母亲腌制的红辣椒酱，加上雪菜汤、豆瓣酱、野葱，都是美味的下饭菜。尽管小时候生活得很艰苦，但在父亲的“好吃好吃”中，我们快乐地长大，也养成了快乐吃饭的好习惯，而母亲的厨艺也在父亲“好吃好吃”的夸赞中不断进步。

父亲的“好吃好吃”影响了几代人，一起用餐成了我们这个大家庭非常重要的事情，更是我们一周的期待。每个周末，父亲都会早早电话预约：“这个星期要回来吗？你妈要杀鸡呢！”我女儿是受外公影响最大的一个，她从小生活在外公身边，从不挑食，因此长得白白胖胖的，每次吃饭看到满桌的菜都要先感叹一番：“哇，这么丰盛啊！”而后表情夸张地做出享受的模样，夹起一筷子菜，迫不及待地塞进嘴里，眯着眼，嘴里嘟囔着“好吃好吃”。那一刻，幸福洋溢在每个人的脸上，也充盈着大家的内心。

有时候幸福竟如此简单，只是一个小小的习惯，无论是过去的艰苦岁月，还是现在的富裕生活，父亲总是周身散发着幸福的气息，并潜移默化地感染着我们每个人。

稻穗悠悠

越是衣食无忧的日子，越容易回忆起小时候的苦。其实说苦当时也不觉得苦，反而觉得有无限的乐趣，那时候的我们还读不懂父母的忧愁。

我的老家在浙江西部的农村。记忆中，秋天的午后，天气还有点燥热，乡亲们多集中在村中心大樟树下的石拱桥上，侃大山，抽旱烟，也有人咿咿呀呀地唱歌，桥下的小溪边，女人们挥着棒槌在洗衣服。

父亲当时是生产队队长，高高瘦瘦的，皮肤黝黑，哨子一吹，大家都要出工，那样子可真是威风凛凛。他卷着裤腿，穿着破旧的解放鞋，用力地吹响哨子大喊一声："出——工——了——"声音洪亮绵长，用母亲的话说那声音可以穿山越坞。于是一个个可以挣工分的男男女女从家里走出来，一队人马雄赳赳气昂昂地向田间地头出发了。

这样的日子里，孩子们一放学就扔下书包，不约而同地拿起畚斗或篮子直接往田间冲，这在当时可是必不可少的“家庭作业”。

大人们埋头收割着金黄的稻子，孩子们则提着畚斗、篮子，跟在大人的后面，眼睛盯着大人的手，希望镰刀下能有漏网之鱼。通常，在大人们割到一手抓不下的时候，用枯稻草捆成一捆一捆的时候，都容易掉稻穗。掉到地上的稻穗，大人们都心照不宣懒得捡，谁都巴不得跟在后面的小孩多捡点。我经常跟在大伯的后面，因为大伯掉的稻穗多，有的时候他还趁大家不注意，故意丢下一些。

打稻机的后面是漏稻穗比较多的地方。力气大的壮汉往往被安排去打稻子，两个男人一左一右互相配合：一只脚用力上下踩着踏杠，另一只脚踩在田里保持平衡，双手从堆垛里捧起整捆的稻子，放进打稻机里打，等手里差不多只剩下稻草的时候，就扔到一旁。这时候，几个小孩一窝蜂似的围过去抢稻穗。一堆稻穗打好以后，打稻机便往前拉一拉，这时候打稻机的下面总是有一小簇稻穗或稻谷，有一些是大人们故意留下的。

随着篮子慢慢装满，夜幕也悄悄降临了，这时父亲吹起哨子让大家收工，大人们带着各自的孩子回家，那些捡得少的总免不了父母的一顿责骂，甚至是一个巴掌。但父亲几乎不丢稻穗，也从来不会责骂我们捡得少，倒是母亲总是责怪他：“没见过这么死板的人。”

秋收结束后，稻田里只剩下稻草秆，一丛一丛地扎着，好像哨兵一样站在田里。其实，里面还藏了很多稻穗，邻居王奶奶就会带上我们，一边在稻草垛里翻找，一边讲着鬼故事，我们边打闹边干活，田野上留下我们欢快的笑声。

那个时候我始终不明白，为什么大人们这么勤劳，粮食还老是不够吃。我们一家五口人，生产队的那点口粮，哪里吃得饱？早餐是番薯，中午也是一锅番薯，不过中间蒸着一瓷盘米饭，母亲说："白米饭留着给你爸吃，他要出工的，番薯不得力。"晚上吃的是番薯片加米汤。饿肚子是常有的事。

这样的日子没过多久，有一天，父亲高兴地对我们说："分田到户了，可以自己种田了。"后来，父亲又带着村民种上了杂交水稻，年年都是大丰收。

日子一天天地好起来，捡稻穗的日子一去不复返，我们却开始怀念。

与土豆相伴的日子

周日午饭前，女儿、外甥女、小外甥又嚷着要吃土豆，连着吃几天了，他们还是没有厌烦。姐姐笑着说："看来不仅我们姐妹的感情得到了延续，而且我们对于土豆的偏爱也遗传给了下一代。"

我们三姐妹对于土豆的偏爱不仅仅是因为土豆独特的味道和丰富的营养价值，更重要的是难以忘怀那段与土豆相伴的日子。

那是一九九六年六月，我刚离开校园在江山市区的一家公司实习，姐姐到城里学裁缝，妹妹刚刚由农村的乡镇企业转到城里做会计，那是我们姐妹仨人生中第一次在城里相依相守的日子。也许是家境实在困难，也许是父亲有意磨炼我们，他只给了姐姐五十元钱，就让她当起了家。

我们住在南门花坛边的一个远房亲戚家里，房子在四楼，有一个客厅、一个厨房、一个卫生间，里面摆着一张小方桌、一个已经凹陷的人造皮革沙发，两间卧室是远在广东的房东放家具用的，上着锁。但是我们很满足，带了一张硬板床，我睡沙发，她们两人睡床。我们用老家带来的大米和土豆，开始了城里的一日三餐……

早餐炒个土豆片；午餐也是一盘土豆，加一个雪菜汤；晚餐就很丰盛了，妹妹有时间就炒个酸辣土豆丝。她总是把土豆切得细如发丝，之后用清水冲洗几次，这样的土豆丝炒出来香味诱人，清爽脆口。傍晚的菜要便宜一些，姐姐会去买一块豆腐、一把青菜，这样就有了菜叶豆腐汤、清炒菜秆、酸辣土豆丝，色香味俱全的两菜一汤上桌了，三个人围坐一起，边吃边聊，姐姐总是微笑地总结一天的收获，我讲述工作的趣事，妹妹则很少说话。

晚饭后，为了节省水费，由我到楼下井里去打水，姐姐边唱歌边洗碗，妹妹则负责搞卫生。妹妹总是把简陋的家打理得井井有条，一尘不染。等忙完了，我们会站在阳台上看街上车来人往，姐姐总能从他们走路的样子分辨出城里人和乡下人来：城里人拖着脚悠哉游哉地走叫“逛街”，乡下人即使放慢脚步也高抬着脚叫“走街”……

一日三餐都吃土豆，为了不让我们生厌，姐姐总是变着花样做。姐姐的拿手好菜是土豆饭、炒土豆片、土豆条；我只会烧土豆汤，这是懒人烧的菜；妹妹最拿手的就是酸辣土豆丝，那些细如发丝的土豆丝，也只有心思缜密的妹妹能切出来，她还会烧高难度的土豆饼呢。而每次吃饭的时候，姐姐都会告诉我们“土豆很有营养”。

休假的时候，我们都一律回家劳动，跟爸爸讲城里的新鲜事，感受妈妈的疼爱，也解解嘴馋，然后带些蔬菜和几个鸡蛋，还有一尿素袋的土豆回到城里。

那段日子，我们从没有买过猪肉和鱼。新鲜和兴奋掩盖了所有的艰辛，我们生活得有滋有味，快乐无比。现在回想起那段日子，妹妹说那时闻到土豆都想吐了，我真有点不信：“那我看你不是吃得很香吗？”姐姐也说怕我们坚持不了，所以一直带着头呢！是啊，那时候姐姐是我们的精神支柱，我是她们的“安全保障”，而妹妹是我们的牵挂。她在城北上班，离家最远，我和姐姐每天都要等到妹妹回来了才开饭。

英国哲学家培根说：“性格决定命运。”还真的很有道理。那个总是给人希望和信心的姐姐有了最适合她的事业，如今已桃李满天下；做事一丝不苟的妹妹成了小有名气的会计师；我虽一事无成，却也过得简单快乐。

现在每当看到土豆、吃到土豆，都会引起我们对那段日子的回忆，相依相守的姐妹深情让人感动不已。

一锅人间烟火

国庆节前三天，老爸就在家庭微信群里发出了温馨提醒：“国庆假期，为‘第三代’每人准备了一只母鸡，什么时候回家请告知，我好做准备哦。”大家立马回应，纷纷点赞，远在南京、杭州求学的两个外甥女，更是发了“哗啦啦流口水”的夸张表情。大家既是表达对那锅鸡汤的期待，更是对从前那段时光的怀念。

从前年开始，我们三姐妹约定：每年国庆假期，要一起回老家团聚，既可以集体为祖国母亲庆祝生日，也能趁此机会好好陪伴一下父母。

在我们家，吃饭时上一锅土鸡汤，是最高规格的待遇，也是最有仪式感的活动。生活很多时候就像一锅简单而味道十足的鸡汤，融入亲情的纯粹和温暖，文火慢炖，香气四溢。而在那个年代，我们家炖鸡汤的砂锅中，除了鲜美外，似乎还有酸甜苦辣等各种别样的味道。

现在，我们心里都明白，爸爸是要弥补四十年前留下的遗憾。

小时候，一年当中只有一次吃鸡的机会，那就是年夜饭。因而，我们最憧憬的日子就是过年，同时也知道，吃过鸡肉之后，自己就长大一岁了。

除夕一大早，我们姐妹三人全然没有睡意，早早地起床帮妈妈打下手准备年夜饭。大公鸡洗净后，妈妈就剁成鸡块放在锅里翻炒，加了盐和酱油，不到半熟就盛起来装进黑色的砂锅，然后放在早就备好的炭炉上，慢慢炖着，同时炖下的还有一锅猪肉豆腐。记忆中年夜饭的当家菜，便是这传统的两大锅。

到了下午，锅里开始“咕噜咕噜”地响起来，气泡顶着锅盖，蒸汽冲出锅盖上的小圆洞和锅沿冒了上来，眼看着金黄色的汤汁在锅盖四周扑腾着要溢出来了，妈妈用抹布包住锅盖柄打开来，浓烈的香味拼命地往鼻孔里钻，围着炭炉的我们早已在流口水，深吸一口气，伸出舌头迎着蒸汽舔了舔，味道美极了……锅里黄白的鸡肉在浓浓的汤汁中渐渐软烂，妈妈用汤勺轻轻搅拌后，又盖上锅盖，微笑着对我们说：“不能老打开盖子，香气要跑走的。”

我们小心翼翼地守护着这两锅肉，不停地添加木炭，看着蒸汽扭着婀娜的小蛮腰袅袅升起，通过窗户和门飘出屋外，这时爸爸就准备贴春联、放鞭炮了。

年夜饭是一年中最丰盛的晚餐，一锅鸡，一碗肉，一尾鱼。

爸爸从不让我们吃鸡爪，说小孩子吃了鸡爪要把书本抓破的，就读不好书了。于是，整只鸡属于父母的，就是一人一只鸡爪。我们家都是女孩，父母言传身教，大家不争不抢，我和妹妹吃大腿，姐姐吃翅膀，白色的米饭浇上深黄色鸡汤，那是人世间最美好的味道了，只可惜一年只有这么一回。有时候，吃完后猛然抬头，看到父母脸上虽带有微笑，却可以感受到背后隐隐的忧愁。

那时候妈妈每年都会养几头猪，还有很多只鸡，最后剩下的鸡却很少，不是被狗咬了就是被人偷了或者是病死了。妈妈依然坚持养鸡，因为针线、盐巴啥的，都指望拿这些鸡下的鸡蛋去换呢。家里吃口多劳力少，父亲除了参加生产队劳动，早晚还要去煤矿拼命干活，但每年春荒，全家人还是只能靠番薯充饥或向别人家借粮食。爸爸总是遗憾地叹息：要是有个儿子就好了，至少可以帮忙挖煤种地。时间久了，我们也暗暗怨恨自己不是男儿身。

记得姐姐上初中时，正是长身体的时候。一些条件好一点的人家会炖一锅鸡加田七，说吃后会长个子。姐姐不好意思自己提，便让我去跟父母说。我想如能成功，兴许自己也能喝口鸡汤，就硬着头皮第一次去当了说客，目标当然是心肠更软的妈妈。

妈妈犹豫了半天，有点心动，正想去抓那只有点跛脚的小母鸡，这时爸爸扛着锄头回家了，他说："不过年不过节的你们干什么？长身体，娜妮鬼长那么高有什么用？”结果，妈妈脸涨得红红的，爸爸说完也觉得话说重了，姐姐则“哇”的一声哭着跑开了。我至今还记得她当时失望至极的样子。

我上小学三年级时，家里分到了五亩多属于自己的责任田，爸爸种下了杂交水稻和许多经济作物，我们的生活也发生了变化。渐渐地，除夕夜的鸡肉从一锅变成两锅，后来变成了四锅。当砂锅排满厨房灶台时，我已经念高中二年级了。

念大学那年，当了二十多年村支部书记的爸爸为村集体积攒了三十万元存款，却为了我的三千元学费东挪西借。为了改善家庭生活，他毅然辞去村里的工作到乡镇企业打工。退休后爸爸念了老年大学，算是圆了自己的“大学梦”。父亲学过唢呐、二胡，当过门卫，最后还是决定回农村老家，为孩子们养鸡、种菜、种稻谷，还当起了“多管闲事”的志愿者，帮五保户代办低保、医疗救助等手续，带着邻居们一起参加修补村道等义务劳动，近些年更是迷上了治水，当起了达岭溪河段段长。母亲则住到了城里，白天帮大姐带孩子，晚上跳跳广场舞。周末，两位老人到一起，过属于他们自己的二人世界。

和大多数农村老人一样，爸爸的晚年生活方式非常健康，早上起来到菜地里转转，浇水捉虫，等菜长成了，就摘了分成三份，骑二十分钟电动车赶到江山城里，分别送到三个女儿的家中。爸爸亲手种的蔬菜和水稻不施化肥、不喷农药，吃不完的时候就拿到菜市场卖。平时陪伴爸爸的还有一群鸡，早上放养到后山上，爸爸偶尔拉个二胡给它们听，它们一个个伸长了脖子似乎专注地聆听着。傍晚时分，等它们自觉进了鸡笼后，爸爸就把它们拎回家。鸡蛋积攒多了，就按需分配送给三个女儿。这些年，家里的鸡和鸡蛋就没有再对外出售了。

假期里，我们三大家子人回来，有的打扫小洋房，有的检修电器设备，有的浇菜挖地，有的烧饭洗碗，有的跟着爸爸修路……

这十余年来，大家和小家的经济条件好了很多，每年我们都会抽时间陪爸妈出门旅游，同时也养成习惯：不管是传统的春节、端午节、中秋节，还是新兴的母亲节、父亲节，每一个节日都以团聚的方式庆祝。每次过节，爸爸必上一锅味道鲜美的土鸡汤。其实，按现在的条件，节日团聚上几道山珍海味，也不是什么太奢侈的事了，何况，绿色有机蔬菜更是我们年轻人的最爱。

今年国庆节，我们又一次集体回来了，院子里停满了小汽车。老人家最开心的，是收到了念大二的外孙女送的一件衬衫。他眉开眼笑地说：“现在的日子真是开心啊，咱家不光女儿女婿孝顺，我都开始享外孙们的福了。看来，生男生女还真的都一样啊，哈哈！”

是的，改革开放四十多年给农村带来翻天覆地的变化。在我们家，国庆节的晚餐，一桌好菜的中央，还是少不了一锅慢火炖出来的鸡汤，三代同堂围坐着，男的喝着小酒，女的啜着饮料，大家谈天说地，其乐融融。“人生飘忽百年内，且须酣畅万古情。”千言万语，人生百味，尽在这一锅暖暖的鸡汤中了。

爱犬来福

下班走出公司的大门，几条大大小小的泰迪跑过来，看着它们可爱的样子，我不禁吹起了口哨，它们冷漠地抬头瞟了瞟我，其中一条朝我“汪”了一声转而便离去了。唉，如果是我的爱犬来福，它一定高兴地飞奔过来，摇着尾巴，调皮地晃动着脑袋，满眼的微笑。

小时候，来福每天都会接我放学。下课铃一响大家冲出校门，我一吹口哨，来福就飞奔着出现在我的眼前，我摸摸它的头，呼唤着它的名字，它竖着双耳，摇着尾巴，蹦起来趴在我肩上，然后下来嗅我的裤管，舔我的脚背，叼我的书包，像影子似的跟着我，还一路上找地方不停地撒尿做标记。

来福长得很漂亮：一身乌黑发亮的皮毛，就像黑缎子一般油亮光滑；雪白的爪子，像四朵梅花；那条撅着的尾巴，总是不停地摇摆着；两只眼睛炯炯有神，总是对着我微笑。小伙伴们都羡慕极了，他们也欢快地喊着它的名字“来福——来福——”，胆子大些的就抚摸它那柔软又光滑的黑毛，来福很享受这样的友好举动，总是羞涩地停下来，摇晃起尾巴，回报他们以微笑的眼神。一群小孩就这样追逐蹦跳着，在来福的陪伴下回家。

来福是春节时从外婆家带回来的，那时候我八岁，我们姐妹三个用双手抱着它足足走了十五里地，一路上渴了给它喝水，饿了喂它米糕。回到家，我们亲手在厨房的灶台边，用稻草、松针给它做了个温暖的小窝。爸爸说：“这条小狗给我们家带来了福气，就叫‘来福’吧。”

有了来福，我的童年生活增添了许多乐趣。上学、放学、吃饭、捉迷藏、攀拖拉机、爬树、钻草垛，来福都形影不离。雪地里捉麻雀，是我们常玩的一个游戏。父亲会找来篾制的筛子，用一根木棍撑起一侧，下面撒些谷子，木棍上绑着一根长绳，我们牵着绳子的一头悄悄躲在屋子里，来福则趴在狗洞口，竖着耳朵，警惕地睁大眼睛，时刻准备着出击。一切静悄悄的，麻雀经不住诱惑，躲躲闪闪地啄起了谷子，刚开始一两只，后来越来越多。渐渐地，它们胆子也肥了，放松了警惕。这时候，父亲一声“拉”，筛子“啪”的一声扣住了里面的麻雀。其他的慌忙飞起准备逃离，这时候来福迅速出击，如一阵风似的冲出洞口，我们还没缓过神来，来福就已经把一只麻雀叼到了我们面前，摆动着尾巴，满眼的骄傲。

来福会游泳、会看门、会抓老鼠，打猎的本领更是与生俱来的，来我们家的第二年冬天，爸爸就带上它去打猎。记得第三个晚上，父亲扛着猎枪，拎着一只野兔兴冲冲地回家，指着野兔脖子上的伤口给我们看：“这只野兔是来福抓的。”顿时，我们觉得很自豪，我们家的来福是猎犬！在二十世纪八十年代的农村，一只狗会打猎不稀奇，不会打猎的狗会被大家鄙视，好像花瓶一样，好看却不中用。来福光荣地成为我们村狩猎队的一员，每次都是在下雪的深夜出发，每次回来都是战果累累：野兔、山鸡、野猪，什么都有。

来福是我童年生活的重要组成部分，也是我们家庭的一个重要成员。有一次来福打猎摔伤了腿，父亲便亲自上山采药给它敷药包扎，母亲想尽办法增加它的营养，我们则到各家去收集吃剩的骨头。

我们渐渐地长大，来福也生了一茬又一茬狗崽，虽然它渐渐老去，皮毛有些脱落，颜色也不再光亮，还瘦了很多，行动明显迟缓，眼睛有些浑浊，但它依旧忠诚地守护着我们一家，带领着它的子孙后代打猎、看门、捉老鼠。我不相信有一天来福会离我而去。

我至今仍清楚地记得那个冬天的下午，放学后，天空灰蒙蒙的，飘着雪花，我心中有种不祥的预感。最近村里搞打狗运动，见狗就打，说是防止狂犬病，我们早就给来福找好了躲藏的地方，也叮嘱来福不要接我放学。我拼命地跑回家，却发现那个隐秘的地方没有来福，父亲不在家，母亲正在烧饭，在我们姐妹仨的追问下，她才哽咽地回答说：“来福被打死了。”我们都不相信。来福很聪明，没有任何人可以打死它，当时老鼠药毒死了很多家犬，但是来福从不吃我们没有给它吃过的东西。母亲说来福一大早就出门了，估计是看望隔壁村它的几个孩子去了，回来后没有躲藏，就坐在家门口好像等着打狗队的到来。我们不明白它是对这个世界失去生存的信心，还是为了不让当时是大队长的父亲为难，总之，它很从容地死去了。绳子将要套上它的脖子时，母亲呼叫着“快逃快逃”，来福没有选择逃离，母亲眼睁睁地看着它一点点地断气，惨叫声渐渐低了下去……

母亲已经泣不成声。我们姐妹都愤怒了，哭着跑着找到打狗人的家里，去责问他，那个人也很不安，说从没见过这么有灵性的狗，他也打不下手。听说，从此他再也不打狗了。

我们甚至没有看到来福的尸体，听说早已经被可恶的人剥了皮，红烧了。来福死了，我们的心也碎了，连着几天没有吃饭，常常在梦里哭着惊醒，梦见它凄惨的叫声，梦见它无助的眼神……

吹响口哨，仿佛我的童年小伙伴来福又飞奔着出现在眼前，摇着尾巴对着我微笑，而我的眼睛已经湿润……

看电影

生活日新月异，现在的新城已经很少有老旧的迹象，位于解放路的江城老电影院早已没了踪影，曾经那排着长长的队伍看电影的情形也早已一去不复返了，而六十二岁的父亲总是梦见那夜看电影的情景，仿佛就发生在昨天，那么清晰！那么亲切!

那是二十世纪七十年代后期，人们的精神文化生活比较单调，样板戏的到来滋润了老百姓多年干涸的心灵。我家在距离县城十五里地的岩下村，那段时间村里的“信息员”刘大嫂到城里卖完柴火回来，一路从村头炫耀到村尾：“《红灯记》可好看可好看了！”村民们的好奇心被她夸张的语气点燃，于是推选当时是大队长的父亲去买电影票。

电影票是一角钱一张，村里有五十一个人报了名。天刚蒙蒙亮，父亲便挑了一担柴火出发了。卖完柴后，父亲直奔电影院，整个电影院周围早已是人山人海，热闹非凡。年轻力壮的父亲挤进人群，排在长长的队伍后面，排了半天好不容易轮到了，却被告知当天的票已售空，只有第二天早上六点的票了，父亲犹豫了两秒钟后当机立断买了下来，然后用手帕层层包裹起五十一张电影票，怀揣着五十一个人的希望马上赶回村里。大伙知道买票难，没有一句怨言，反而开心地说："带上锄头，看完电影后可以到大蓬（市郊，进城必经之地）的田里除草嘛。"于是当天下午父亲就带领大伙扛着锄头，背着茶壶，浩浩荡荡、兴高采烈地向城里出发了。

到达影院时已是傍晚，此时的电影院门口更热闹了，买票的队伍排得更长，个个汗流浃背，紧握着纸币，伸长了手臂往窗口塞，口里大声地喊着："六张""三张"……有人拼命地往前挤，有人抱着前面人的腰守护着自己的位置，更有人在一阵骂声中像燕子李三一般踩着人群的肩膀爬到了售票口，而后像打了胜仗一般高举着握着电影票的手，欢呼着："买到了，买到了！"坐在大人肩头的孩子们，满脸的欢乐。一群群从影院出来的人，个个眉飞色舞地谈论着故事情节。有几个按捺不住了，便挤到检票口伸长了脖子往里瞧，那黑色的幕布一掀开就能飘出声音来。

要等十个小时才能进场呢，大伙商量后买了五分钱一张的站票，一行人兴致勃勃地涌进电影院。电影院很大，可以坐几百人，里面很昏暗也很简陋，看电影的人很多，很拥挤，也很热，空气中仿佛有种发霉的味道。大伙靠着墙壁蹲坐在两侧的通道上，灯光亮起时，人流便如潮水般退去，紧接着又一批人流涌进来，就这样《红灯记》放了一场又一场，观众走了一批又一批，椅子“啪啪”地响了一次又一次，大伙看了整整一夜的电影，没有一个人打瞌睡，饿了就喝口凉水。不知不觉到了早上六点钟，终于可以坐在椅子上看电影了。

走出电影院，夏日的太阳已经老高，肚子在咕咕叫，大伙回味着影片中的情节，哼起样板戏的调子，沉浸在兴奋之中，一支队伍又浩浩荡荡地回到大蓬。

中午，妇人们送饭来，看到一个个人躺在田埂上，呼噜声就像夏夜的一群青蛙在鸣叫，卷起裤子的小腿上蚊子叮过的红包依稀可见……

修水库

按照惯例，我们在中秋夜回到老家，在父亲的带领下拜月亮。

月亮高挂起来，夜已凉爽，空气中飘来桂花的香味，一家人围着父亲，听他讲故事。七岁的小外甥嘟嘟刚刚上小学，他天真地问："外公，你七岁的时候作业多不多？""我七岁的时候在放牛呢，没书读，到了十二岁就去修水库了。""这么好玩呀，可以骑牛呢。"嘟嘟满脸羡慕。"修水库？天哪，怎么修的？"十三岁的女儿满脸好奇。

也是这样凉爽的秋天，也是这样月亮高挂的中秋夜，父亲跟着大人们奋斗在花园垄的峡谷间，赤着脚，光着背，穿一条短裤，挖山、挑泥、吃大锅饭。那一年，父亲十二岁，那个水库叫作花园垄水库。

清澈的白马泉水养育了一代一代人，听说它的下游要建水库，全公社的大人都赶过来了。父亲家里穷，没钱上学，自然也加入了建设的大军。一天活干下来，可以拿到九两米的饭票。

父亲和爷爷一起带着粗瓷大碗，挑着簸箕，天蒙蒙亮就出发，光着脚走半小时就到了。有的大人穿草鞋，八分钱一双，好一些的要一角钱，还有的人穿的是自己家打的草鞋。爷爷负责发筹，筹就是记录劳动量的竹签，有食指那么长，上面盖着“花园垄水库”的红色方章，这样就不会有假筹出现了。挑过一担后就发一个筹，每天任务完成后，发九两米的饭票，还管饭。

大家在晚上义务加班，没有夜宵，更没有加班费。可是人们依然热火朝天地劳动着，肩膀磨脱了皮又结了痂，结了痂又磨脱了皮，脱了一层又一层，没有人会去埋怨，没有人会当逃兵，大家一条心，唯一目标就是尽快完成任务。

休息时间，大人们开始讲李逵、孙悟空、傻子女婿的故事。这时候，父亲泥鳅般地钻进人堆，挤到前头听故事。从那时开始，父亲就把故事装进了肚子。

一担担的泥土，一次次的木夯敲打，一次次的碾压，就这样堤坝慢慢地造起来了。

这样的劳动持续了一年。作为熟练工，作为没有书读的孩子，十三岁的父亲又被派往何家山修建店坝头水库。

到了一九七〇年，父亲作为壮劳力和十多个村民又一起开始修建峡口水库东西干渠，自带大米和工具，早上五点出发，步行到峡口已经是下午两三点，连九角四分的公交车钱都舍

桃树

来福的后代：旺旺

不得花。一个月回家两次，平时睡在地板上。这个时候父亲开始管理食堂，一个月三块钱工资加上三十斤米，勉强可以吃饱了。

一九九〇年，碗窑水库开始建设，每人每年四十元，连派五年，这个时候已经实现机械化，不需要人出大力气了。

母亲读了两年书，也在十二岁时就跟随外公去修建大坞塘水库，从帮忙扒泥到自己挑担，不比男人差。

穷人的孩子看来都一样。

父母亲回忆建水库的艰辛时不无感慨：那时候太穷了、太难了……

“嗨呼嗨啦呼……”父母亲一起唱了起来，挥动着双手，仿佛在为曾经的自己加油，脸上洋溢着幸福和骄傲。我们也情不自禁地跟着唱起来，孩子们也拍起了手。这首伟大的劳动者之歌在山村的上空久久回荡……

消逝的枇杷林

爸爸打来电话说，家乡的枇杷熟了。周末，我们一行五人迫不及待地赶回老家。

家乡的枇杷林是二十一年前爸爸带领广大乡亲种下的。那时我还小，村里很穷，为了带领乡亲们走出贫困，作为村支部书记的爸爸咨询了农技站的专家，由乡政府出树苗，根据土壤情况在小山村里种下了大片的梨树、橘子树、胡柚树。我家房子后的梦山坞等山谷适合种枇杷，一时间广大乡亲热情高涨，挖土刨地，很快二十多户人家就种下了七百多棵枇杷树，加上其他山谷的，全村共种下两千多棵。乡亲们种下的是枇杷树，也是希望。

爸爸和几个肚子里有点墨水的村民一起学习如何管理枇杷树，买了很多书，同时请农技员不定期地来指导。施肥、浇水、整形、修剪、防寒、疏花疏果，无不倾注了爸爸的心血。

很快，满山坞的枇杷树翠绿高大，枇杷地里则套种大麦。

第二年枇杷树就结果了，诱人的枇杷招来了叽叽喳喳的小鸟，也引来了我们焦灼的目光，枇杷才有一点泛黄，我们的口水已经快要拖到地上，免不了要偷几个吃吃。那时村里有个不成文的规定，凡是偷摘水果的，都要被罚在村里放电影。

也是初夏的季节，也是这样的下午，大家挽着竹篮，带着竹叉子来到山坞摘枇杷。枇杷呈椭圆形，果实肥肥大大的，颜色淡黄，咬一口，汁多、软糯，甜中带点酸，十分鲜美。看到压满枝头的枇杷，乡亲们心里美滋滋的，边摘边说笑。有些人家一天能摘上百斤呢！大家装满一篮篮的枇杷，也带回了一篮篮的欢喜。回到家里进行分拣，优等品的零售价高达两元一斤呢！那些卖相不好的则留着自己吃。

次日早晨，大家开始往城里挑整筐的枇杷，步行五十分钟后，天才刚蒙蒙亮，到了城北大门，一筐筐枇杷很快就被等待已久的水果商贩们一抢而空。那时候“梦山坞枇杷”不及“面桶坞枇杷”（江山市最有名、最好吃的枇杷）好吃，但是果实大而且价格稍低，销量当然不错了。不到晌午，乡亲们箩筐里满满的枇杷已经换成了家里的生活用品、孩子们的新布料。

晚上乡亲们围坐下来，盘算着一季枇杷能有多少收入，能买多少东西，脸上满是对幸福生活的向往。

长大后，我对种枇杷的记忆已经渐渐模糊，看到本地枇杷上市，才知道枇杷熟了。也不知从何时开始，市场上已经找不到家乡的“梦山坞枇杷”了。

若不是爸爸提醒，我差不多都忘了家乡还有枇杷山。我想自己去摘，爸爸说：“你找不到路！”我才不信呢：“我走了那么多年了，还会不知道？”爸爸笑而不答，跟着我们出发了。我像个导游走在最前头，一路向女儿介绍着“风景名胜”，却怎么也找不到山坞的入口，原先通往山坞的大路已经长满了树木，路已消失了，我这个“导游”只好悻悻地退到后面去了。远远望去，满眼的翠绿中，黄色的枇杷星星般点缀着，一派丰收的景象。在爸爸的带领下，我们进入山坞。山坞里很是幽静，几只布谷鸟在婉转歌唱，歌声清脆悦耳。

山坞里树林郁郁葱葱，要不是那些黄色的枇杷，人们根本不知道这里是枇杷山。枇杷树旁杂草丛生， 荆棘密布，远处一位放牛的老农正在攀摘枇杷，仿佛也在感叹：“这么好的枇杷怎么没人摘啊？真是可惜！”

我们一边回忆往事一边摘枇杷，爸爸说挑最好的吃，但现在的枇杷远没有印象中那么大了，也没有以前那么好吃了。爸爸说这几年乡亲们有更好的致富门路——养白菇、种菜、打工等，年轻人大多上了大学，也没有人去管理枇杷林了，孩子们吃的水果，市场上都可以买到，采摘只能当作一种乐趣。

爸爸对这片枇杷林的荒芜很惋惜，毕竟这里曾经倾注了他很多的心血。我们精挑细选了大约二十斤枇杷，虽然味道远没有记忆中的好，但是采摘的乐趣让大家兴奋不已，久久回味。

拖拉机从门口经过

如果不是有专家在村里发现了丰富的煤矿和大量石灰岩，那么村里就不会办起石灰窑；如果没有石灰窑，就不会修路；如果没有路，就不会有川流不息的手扶拖拉机。

门口这条路一头通向石灰窑和比石灰窑更远的山里，一头通向山外的城里。我们常常在上学放学的路上，老远就听到拖拉机“突突”驶来的声响，这时候，大伙心头便乐开了花。我们按捺着心中的激动，等待着拖拉机缓缓驶过。当令人向往的拖拉机“突突突”地从面前驶过，我们向手扶拖拉机驾驶员示意，要他们载我们回家或者去学校。有的驾驶员会同意载我们一程，我们便拼命爬上拖斗。带头大哥林大明高出我们一个头，只见他威严地站在驾驶室后的挡板前，双脚站稳，双手紧握挡板，眼观前方，任风吹动他的头发，那模样就像是奔赴前线的英雄。我们有的扶着挡板，有的抱着大明的大腿，颤颤巍巍的。驾驶员几次问有没有到，我们都说没到，一直到了石灰窑，才依依不舍地跳下车，“哗啦啦”地跑散。魁梧的驾驶员笑眯眯地看着我们，若有所思的样子。后来我们总是故技重施，驾驶员们也知道这一路孩子的小把戏，没有再让我们得逞。有的驾驶员会笑着说：“你们这些调皮捣蛋鬼，不担心我告诉你们老爸去？”

那时候的驾驶员简直太威武了，好多同学羡慕得不得了，纷纷立下远大的理想——长大后，要当手扶拖拉机驾驶员。你看，他们从坐垫底下拿出一个Z字形的铁棒，这根铁棒是“启动器”，将铁棒的一头插入位于拖拉机小轮子上的发动机的一个小孔，接着，抓住外面的一头，猛地转了起来。转了十几圈后快速拔出铁棒，拖拉机就被启动了，一阵急促的“突突突”声响起，发动机的嘴里喷出一股浓烟。

驾驶员个个身材魁梧，力气很大，不然连发动机器都困难。那个年代能开个手扶拖拉机是何等威风！只见他们双手紧握方向盘，稳稳地坐在驾驶座位上，威风凛凛地跟着车子上下颠簸着。有的驾驶员旁边坐着个精心打扮的女人，女人的脸上也是得意扬扬、高高在上的神情。手扶拖拉机确实不是什么人都驾驭得了的，方向全靠两只手掌握着，稍不注意，就会冲到路边的田里，我们亲眼见过父亲带着乡亲们用撬杠、绳子牵拉，才把那个大家伙给拉回路上。

拖拉机来来回回，总有一趟是空车。

空拖拉机的拖斗门经常不关闭，任它“啪啪”地吊垂着晃动，或者根本没有门板。有一天，林大明带着小伙伴们站在路边盯着一辆又一辆的拖拉机经过，正发着呆，几只麻雀从眼前飞飞停停。他嘴里嘟哝着“像麻雀一样能飞到拖拉机上就好了”，忽然灵光一闪，于是有了“创举”——攀爬拖拉机。

他在拖拉机扬起的灰尘里奋起直追，将双脚悬空，双手趴在拖拉机拖斗上，就这样乐呵呵地吊着，遇到上坡时，双脚轻轻着地，跑两步后双手松开拖斗，这个时候通常都会摔趴在地上，后来我们知道这是惯性使然。熟能生巧的林大明每次都能安全下车，驾驶员在“突突”的声响中开车，根本发现不了后面的情况。

看着林大明来去飞快，我们那个羡慕嫉妒啊。小伙伴们见面后，他第一句话就是：“你们敢攀拖拉机吗？我攀过，还跟着车到了山外呢！”嗓音高亢，居高临下地看着对方，手舞足蹈地比画着，生怕别人不知道他在讲什么，引得周围的人都围过来。看着大家围着他七嘴八舌地问，林大明就绘声绘色地讲起自己攀拖拉机的事，仿佛讲武打故事片一般。

我虽是一个女孩子，但心里也痒痒的。这事父母亲是多次警告过不许干的。做个父母眼里的乖孩子，还是做个伙伴们眼里的英雄？我曾纠结到梦里：眼看着拖拉机经过眼前，我追着它跑啊跑，忽然父亲一声呵斥……梦醒了。

终于在一个炎炎夏日的闷热午后，我开启了这场冒险之旅。因为一早出工劳累，父亲在里屋睡着了；母亲和几个邻居大妈在纳鞋底。母亲是村里有名的做布鞋能手，一有空闲，妇人们就围着她讨教。似乎没人注意到我的存在。

远远地看到林大明在路口向我招了招手，后面已经有好几个人跟着了，我再也按捺不住，一声不响地溜了出去。

我跟在拖拉机后奔跑一阵，瞄准拖斗，身子猛地向前扑去，双手撑着上半身稳稳地趴着，双脚悬空，这一系列动作我练习过太多次了。马上，大明也跟上来了，他挤了挤眼，悄声问："神气吧！"风在耳边"呼呼"地吹，拖斗里灰尘飞扬，拖拉机上下震动，道路两旁的大山在飞快地往后移动，我们一动也不敢动，既紧张又兴奋。

过了很久，大明说上坡了，赶紧跳下来。对我重复了动作要领后，大明就敏捷地跳下来了。我的双脚不敢着地，双手却已经撑不住了，死趴着，不知道过了多久，也不知道到了哪里，太阳火辣辣的，我又渴又怕，不禁哭了起来。我试着呼喊开车的驾驶员，可因为趴着，低沉的声音早被"突突"声淹没了。

两旁的大山变成了空旷的田野，已经离家很远了。不知当时哪来的勇气，我双手松开拖斗，双脚着地，跑了几步，"啪"的一声，整个人重重地摔在了地上，手掌、手肘、膝盖都磕破了，一阵生疼，血很快就渗了出来。后面又有车来了，我马上撑着爬起来站在路旁，忍着痛背对着来往的车辆。我怕他们认出我后告诉父亲。

这是一片宽广的田野，正午时分，太阳把田里的水烤出一股泥味，热气升腾着，直叫人头晕目眩。我到田里掬起滚烫的水，洗了洗身上的血迹和灰尘，扯了一团野草做了个圈戴在头顶遮挡太阳，低着头咬着牙含着泪冒着汗往回走。

走啊走，不知道过了多久，远处有一团东西在动，再近些看，是一群人，第一个是林大明。我想快点跑过去，可是脚不知为何变得无比沉重，我呆立在路边回望走过的路，在太阳的照耀下泛着明亮的光。我忽然心头一紧，不知怎么哭了起来，那是欢乐的泪水。面对小伙伴们，我心中升腾起一丝从未有过的骄傲，挺起身，迎着对面的人群一瘸一拐地跑去。

这时，路上爆发出小伙伴们的呐喊声，他们喊着我的名字，那声音热烈而奔放，他们笑着，毫无顾忌，无所畏惧。

第四辑　乡下人

岩下泉水响叮咚

连绵的群山中有个山谷，幽幽的山谷里有一眼明朝官泉，叫白马泉，围绕着白马泉住着100多户人家，形成岩下村，这是浙江省江山市的一个普通的小村庄。

70多年前，王泽良出生在这里，他在这里奋斗，将青春和热血都献给了这片美丽的土地。

——题记

一

许多年后，当王泽良坐在自家小院里，看着对面白马泉的方向，一个青色的圆点，由远及近，摇摇晃晃，慢慢变大出现在眼前时，他又一次想起1978年的那个上午。

王泽良亲自来到村民汪大军（化名）家，站在门口坍塌的路面上，铿锵有力地说：“干起来！”说罢挥起锄头就开始挖。

原来汪大军家门前的路基经常被水冲坏，因为与邻居素来不和，邻居不配合，几次协调无果，苦不堪言，只得找时任大队长的王泽良求助。最终问题得到解决。

自此，汪大军每年春节都会走两里地到王泽良家里，手里拿着一袋自家种的椪柑或一把蔬菜，来一次念叨一次："当年，还好有你帮忙，好人啊……"平时家里梨子、枇杷熟了，围裙里兜满了又专门过来，笑意盈盈地说："路过你门口，给你尝尝鲜。"

汪大军家有个患小儿麻痹症的儿子叫汪小兵（化名），不识字，王泽良格外照顾汪小兵，把自己家的地拿了一块给他种。有一次，退休后的王泽良在街上遇到残联主席，第一句话就问："现在有没有好政策？"他在软磨硬泡下抢到了一只猪崽和一袋饲料，欢天喜地地抱回来带给汪小兵。后来政府有了低保政策，王泽良又跑上跑下，给汪小兵办好各种手续。

前几年汪大军去世了，汪小兵也已经40多岁，他接了父亲的班，每年春节，都要摇摇晃晃地走两里地到王泽良家里，重复那些话："您是我们家的大恩人……"

每每这时，王泽良都感动得流泪，深感惭愧："这么点芝麻大的小事，两代人都要挂念几十年，我却没能帮到他们更多……"

这样的小事还有多少，王泽良早已记不清了。

如今80岁高龄的冯大光（化名）回忆起往事也是感激涕零，

他年轻时体弱多病，上有两个老人年老体衰，下有四个子女嗷嗷待哺，生活难以维系。也是王泽良开动脑筋，安排冯大光开代销店，他们一家老小才得以生活下去，他的大儿子后来当赤脚医生、做会计，如今已是村民委员会成员。

住在白马泉旁的孤寡老人林泉（化名），经常偷偷跑到王泽良地里，帮忙看看庄稼，哪怕是给青菜捉一条虫都觉得心里舒坦。他逢人便说："老书记很照顾我，恩情难忘啊。"

王泽良鼓励村民盖房子，创新推行"最多跑一次"便民举措。村民到村委申报，他现场帮助填写申请资料，后面的审批、考察、办土地证和房产证等程序，都由他免费跑腿代办。年轻人敬佩地说："现在办证很方便，老书记的服务理念显然超前了好多年。"

二

王泽良，出生于 1947 年 8 月，6 岁没有了母亲，14 岁没有了父亲，从此和多病的哥哥、弱小的妹妹相依为命。穷人的孩子早当家，王泽良自力更生，奋发图强，17 岁任村共青团书记，18 岁任大队长，19 岁加入中国共产党，经历了"文革"后，1977 年恢复大队长职务，1979 年任村支部书记，直到 1991 年，因家庭生活困难，征得乡党委的同意后辞职。后来在乡党委的支持下，调到乡镇企业工作。

王泽良在任期间，亲历改革开放，和共和国一起成长，入党 56 年来，把青春和热血奉献给党的事业，鞠躬尽瘁，任劳任怨，兢兢业业，默默奉献。

王泽良长得高高瘦瘦的，皮肤黝黑，双目炯炯有神。他廉洁奉公，光明磊落，带领全村村民脱贫致富。

1977 年，王泽良带头提议并实施：联合山外、岩下、达岭三个村修建公路，从长塘弄至石灰坞塘，就地取材，各村派出义务工。村民们干得热火朝天，很快就修筑了均宽 5 米、长 7 千米的路基，从此大大方便了这 3 个村群众的出行，为村民致富奠定基础。

王泽良因地制宜，在村里挖了 3 口煤矿，建了 4 座石灰窑，种杉木 300 多亩、枇杷 200 亩、绿茶 100 多亩。1984 年，投资 10 多万元进行自来水工程建设，全村家家户户用上了免费清洁的白马泉自来水，在当年是全县第一个也是唯一一个有自来水的村庄。建造大礼堂，经常组织丰富多彩的文体活动，也就是如今大兴的农村文化礼堂。修建农用水沟 2000 多米，修建机耕路 1000 多米。拉起了高压电，家家户户用上了电。大力支持教育，修建小学校舍，设立奖学金，每个考上高中、大学的学子都给予 800 元的奖金。

这些工程都由村集体投资，没有要求村民出过一分钱。

如今看来，这些似乎再平常不过了，但在 20 世纪 80 年代，这些举动非常不容易，具有很大的前瞻性。

生活在岩下村的村民无疑是幸福的，而王泽良个人却错失了一次又一次改变命运的好机会。从 19 岁到 23 岁，每年征兵王泽良体检都合格，但公社领导怎么都舍不得放手，“你这个村，这么难管，你去部队了谁来管理啊”，于是王泽良一次又一次放弃了参军的机会。1966 年，王泽良刚刚在县委大院打印室工作一个月，“文革”开始了，从此便再也没有走出这个村庄。

三

江山市纪委原副书记李春江，对王泽良这个表现突出的村支部书记印象非常深刻。1990 年，时任丰足乡党委书记的李春江，组织乡干部、企业厂长、村支部书记到绍兴考察学习。村支部书记们都知道岩下村集体有十几万存款（十几万在当时简直是天文数字了），是公社的“首富村”，便开玩笑要王泽良请客吃饭。王泽良推托不了，就请大家到饭店撮了一顿。后来李春江书记听大家聊起来才知道，王泽良回家后连夜杀了家里唯一一头肉猪，卖了猪肉填补了请客吃饭的公款 15 元。这可是家里的生活费、孩子们一年的学费啊。妻子余梅仙心疼得直抹眼泪，但她知道丈夫决定的事九头牛都拉不回来。连村民都疑惑不解，“这点钱完全可以在村集体里报销啊”。后来李春江在大会上表扬了王泽良的公私分明，同时批评了“敲诈请客”的那些村支部书记。如今王泽良回忆起这件事时轻描淡写地说道："不能贪公家的钱，换哪个党员都会这么做。"

20 世纪八九十年代，驻村干部吃住都在王泽良家，按规定补贴王泽良家人民币 1.5 元 / 天或 1.4 元 / 天的粮票，但王泽良很少会收，他说："村干部也穷，粗茶淡饭的不嫌弃就不错了，添双筷子，家里更热闹呢。"巧妇难为无米之炊，这可苦了余梅仙，也把她"逼"出了高超的厨艺。就一个番薯，丝、片、块，蒸、炒、炖、烤，千变万化，有滋有味。驻村干部们都夸她烧的菜好吃。

1981 年，王泽良带领村民和隔壁村联合修建了水塘，水塘里养了好多鱼，到过年就捞起来分给村民。那场面热闹非常，王泽良的大女儿如今想起来仍然会滔滔不绝地描述一番：小孩子们围着那一筐筐的鱼，大人们一个个过秤，大声喊着名字领取，一条条白色的鲢鱼、黑黑的草鱼用绳子吊着提走，或者用木桶装着，鱼儿"扑通扑通"地跳出来，孩子们一个个扑着抱着，大家都欢天喜地的。最后，人群散去，只剩下一小堆小鱼、几只河蚌，王泽良拿个篮子，捡起大只的对女儿说："喏，这个大的，给林泉叔家送去。"林泉叔是村里最需要帮助的人。

回到家里，大家都噘起了嘴，余梅仙抱怨着："自己分鱼，也不分点大的给孩子吃吃，一个个又小又瘦的。"说着就抹眼泪。这个书记夫人，除了出门被叫作"书记娘"（江山方言），没有得到任何好处。

王泽良却很乐观，撸起袖子，亲自动手，切了很多白萝卜丝，和鱼烧了满满一大锅，分装成七八碗放在橱柜里。冬天温度低，鱼冻非常容易形成，味道鲜美，可以吃好长时间呢。王泽良的大女儿说，分鱼的日子全村的空气里都弥漫着鱼香。

王泽良天资聪颖，只念过一个学期小学，后来是自学成才。他写得一手好字，公文写作更是信手拈来，对村民们有求必应，免费帮忙写协议书、申请表、报告书等各种材料，一气呵成，从不打草稿，也从不涂改。

王泽良脾气很大，但只对“坏人”——那些不孝顺的、不讲道理的、不守法的、爱欺负人的，只要碰到王泽良，都能被改造过来。王泽良培养了很多村干部，帮助了很多村民，对他们苦口婆心，耐心细致，春风化雨。

余梅仙一个人拉扯三个孩子，田里地里、家里家外都要操劳，非常辛苦，有时候也会抱怨：“一天到晚忙村里的事、别人的事，家里的事却很少过问。”余梅仙当年一肚子的苦水无处倒，如今对孩子们、外孙们讲起来却是满满的骄傲：“这才是真正的共产党员啊！”

四

1981 年，有一段时间家里只有番薯吃，一大锅焖番薯中间夹着一瓷盘晶莹雪白的米饭，那是留给王泽良吃的，他每天要去煤矿挖煤，但他总会分一勺给孩子们吃。“现在回想起来，父亲那时的眼神里满是愧疚和无奈，父爱无言啊。”如今王泽良的大女儿都快做外婆了，也终于理解了如山的父爱。

2021 年 5 月 22 日，杂交水稻之父袁隆平逝世，王泽良泪眼婆娑，他说：“没有袁老，我们一家都要饿死，多少中国贫穷老百姓都得饿死。”王泽良的大女儿记得她小时候最早的课外读物是《农技员》，有一期封面人物就是袁隆平。村民们对于新事物总是各种担心怀疑，但是王泽良相信科学，带头种下杂交水稻，带领大家学习技术。第一年，杂交水稻亩产 1000 多斤，大家欣喜若狂，高呼“挖到金矿啦！”那些曾经被王泽良强势逼迫种下杂交水稻的村民纷纷跑来感谢：“对不起对不起，我还说要把你沉茅坑里去，谢谢谢谢……”王泽良从此对袁隆平无比敬佩：“大家应该感谢袁隆平，是他让我们吃饱了肚子。”

村支部书记王泽良的家里也穷得叮当响，小女儿上大学的学费还是借来的。月薪 30 元的工资，已经支撑不了一家五口人的生活了。

1979 年，王泽良任村支部书记时，村里只是个空架子，连一个笔记本都买不起。王泽良自掏腰包买本子，为了节约用纸，养成了写公文一气呵成的习惯。1991 年，王泽良请求辞去村支部书记职务，到乡镇企业打工养家糊口，这时他已经培养了新人，并为村集体留下 20 多万存款的殷实“家底”，这在当时非常少有。

五

退休后的王泽良也不闲着，依旧劳心劳力。

前几年农村危房改拆，村干部遇到困难就跑来请教王泽良，王泽良给的办法就是“先拆我家的”，村干部都知道那明明是合法建筑。

王泽良这批退休的村支部书记，没有享受到国家的养老金政策，很多人都觉得不公平，便怂恿他带头集体上访。王泽良却说，国家那么大，家业那么大，照顾不了那么多人，共产党员先吃亏是应该的。

王泽良获得过很多荣誉，女儿们至今记忆犹新：老房子客厅的两面墙都贴满了奖状，一年比一年多，到后来贴不下，只好把新奖状贴在旧奖状上，变成厚厚一层。可惜那时候没有照相机，没有扫描仪，后来推倒老房子盖新房，这些奖状和老房子一起没了，只留下几本荣誉证书。

村民们在慢慢老去，年轻一代已经不认识王泽良。人们看到的就是一个普通老头在田间地头晃荡。余梅仙也会叹息：“为村里辛辛苦苦这么多年，上面不记得，下面不记得，谁知道你啊……”王泽良倒是很坦然：“有多少烈士为新中国牺牲，连名字都没留下。我这样的已经算很好了，无愧于心，无愧于民，无愧于党就行。”

1998 年，村民委员会换届选举村支部书记，退休 7 年的王泽良选票位居第一名，且遥遥领先，急得他跑到广播站去，通过大喇叭大声恳请党员们：“不要选我，我年纪大了，要把机会给年轻人。”大家这才无奈地放弃。2001 年，村民委员会换届选举，王泽良再次提醒村民们不要选他，并在党员大会上做了让贤的表态。当时的市委书记陈忠高度赞扬老书记王泽良的高姿态，并说要在全市推广，须江镇党委书记王旭充分肯定了王泽良的高尚品德，并奖励王泽良 200 元红包。

王泽良留给子女后辈的不仅是记忆中的荣誉墙，更是言传身教，以身作则，这些都成为他们人生中的铺路石和指航灯。王泽良的女儿、女婿们多是共产党员，在校读大学的外孙女也光荣地成为共产党员。

如今岩下村、达岭村已经合并为一个村，取白马泉之名，改名为“灵泉村”，77 岁的王泽良依然忙碌勤劳，哪里需要就出现在哪里。

王泽良是千万名普通共产党员中的一员。虽然没有什么丰功伟绩，但也称得上平凡而优秀。

这个平凡的最基层的村支部书记，拼搏过，痛苦过，却一直坚持着。他无愧于这个伟大的时代，无愧于共产党员的称号。希望我们的子子孙孙像他一样，做个眼里有光、心中有爱的人，坚守初心，奋发图强，创造更加美好的明天！

王泽良是我的父亲，余梅仙是我的母亲。

何文英的春天

国家市场监管总局资料显示，改革开放40多年，我国个体工商户的数量增长了500多倍。1978年全国个体经营者只有14万人，私营企业在允许登记后的1989年，总数也不过9.05万户。到2018年10月底，全国实有个体工商户7137.2万户、私营企业3067.4万户，分别增长了500多倍和300多倍。

个体户在全球各个国家都存在，这是小微经济的基本形态，是市场嗅觉敏锐的群体，他们最能发现需求，也最能快速满足需求。市场的洞察力、过人的胆量，是每一代先富起来的人都拥有的素质，中国个体户见证了中国改革开放40多年的巨变。

——题记

在江山市四季青商贸城，有一家叫“聚宝盆”的女装店，占地21平方米，装潢简约，生意非常火爆。

女店主个子矮小，身材微胖，穿着当下流行的黑色短棉袄、米色线衣、黑色羊绒裤，脚蹬黑色短靴。头戴一顶黑色鸭舌帽，帽子上绣着白色“SWEET”字样，帽子后面是一束棕色马尾辫。脸上戴着一副红框眼镜，远看皮肤水润，近看才能发现眼镜下掩盖着不少皱纹。

这个看不出真实年龄的女老板名叫何文英，1956 年出生于浙江省江山县上余乡（现为江山市上余镇）一个穷苦农民家庭，是党的十一届三中全会后，在江山这片土地上成长起来的个体户。她的人生经历也正是中国改革开放 40 多年来发生的巨变的缩影。

生存所迫　小小年纪卖泥鳅

1972 年，何文英 16 岁，辍学在家干活已经三年了，作为长女的她，发现不管怎么卖力出工都挣不到几个工分，四个弟弟妹妹要吃饭、上学，家里总是靠借米、借番薯度日。何文英想：“难道就这么穷一辈子了吗？”终于有一天她自告奋勇地对父亲说：“爸，我帮您卖泥鳅去。”为了贴补家用，父亲总是起早贪黑捉泥鳅来卖。父亲二话没说就答应了，没想到，从此何文英踏上了经商之路。

时间久了，何文英也积累了销售经验，父亲捉的泥鳅总是不够卖，她就跑到路口去拦截其他小贩低价买进，以市场价卖出。何文英成了一个实打实的泥鳅小贩，那时候的小贩都是被人嗤之以鼻的，所以她没少受人的冷眼。但靠贩卖泥鳅，居然也帮助父母撑起了七口之家，何文英心想，我一不偷二不抢，有啥丢脸的呢，于是硬着头皮继续干。

1975 年，何文英嫁到了邻村。

1982 年，分田到户后不久，娘家和夫家的粮食都够吃了。家里种的菜也有了富余，何文英拿到菜市场去卖，她租了个摊位，后来还办了营业执照，堂堂正正地当起了菜老板，成了村里第一个“吃螃蟹”的人。

1984 年，何文英买了当时村里的第一辆 28 寸永久牌自行车，一时间村里炸开了锅。好几个邻居也跟着她学习，成了菜老板。

1989 年，何文英在农村盖起了三层砖瓦房，又是村里第一。这时，她的一对儿女也已长大成人，儿子参了军，女儿就读于职业技术学校。

借着春风　加入大潮勇创业

1993 年，从职业技术学校毕业的女儿不想到乡镇企业打工，想开个服装店，何文英觉得做服装生意也挺好的。当时的江山市已拆除原钢棚水泥台的第一代小商品市场，新建了三层框架结构的第二代小商品市场，建筑面积超过 1.5 万平方米，许多胆大的人都去抢摊位做生意了。何文英当机立断，帮着女儿以 1600 元的价格租了一间 4.2 平方米的商铺，借了几千元本钱，跟上了创业大潮。看到女儿啥都不会，何文英果断转让掉菜摊，干脆转行做起了服装生意，从此加入了小商品市场的这支千人创业大军中。

“那时候做生意，需要特别能吃苦。”当时进货特别苦，傍晚坐绿皮火车到义乌火车站后，男男女女，有的躺在候车室地板上，有的靠在座位上，合着衣服眯眼就睡，从来没想过住旅馆，那太奢侈了。有时候半夜被冻醒，一睁眼就能看到小偷在用刀割着别人胸前的钱袋子。第一次遇到这种情况的时候，何文英想喊抓贼，却被旁边的大姐按住，事后才知道这些小偷穷凶极恶，会打击报复打扰他“生意”的人，大家也只能忍气吞声、自我保护、自求多福了。于是何文英把进货的钱缝进最里层的内衣里，侧卧着弓着身打盹，从来都不敢仰着睡，从没睡过踏实觉。

天蒙蒙亮，进货大军下了车就往义乌小商品市场赶，到了便簇拥着堵在大门口，等着开门。待大门缓缓打开，大家“鬼抢投胎”似的冲进市场内抢着拿货。有一次，何文英被拥挤的人潮推倒，撞在门框上，胸口一阵疼痛，身上还被踩踏了几下，她顾不上疼痛，连忙挣扎起身，继续像疯子一样冲进市场砍价杀价。她拽着满满一车货，身上背个背包，手上挎个手袋，蓬头垢面如逃荒般落魄。

回来后的几天里，何文英胸口越来越痛，连咳嗽都不敢，实在熬不住了才去医院检查，结果居然是胸肋骨骨折。买几片止痛膏药贴着，忍着痛继续做生意，但是也落下了病根，时不时发作。

何文英感慨地说：“那个年代全国经济慢慢复苏，靠着吃苦耐劳，胆大敢闯，都能赚到钱。只是这苦不是一般人吃得了的。”白天在市场内做生意，傍晚四五点钟赶去江山最繁华的解放路摆地摊做夜市生意。江山市上路乡（今江山市市区以南）很多乡镇有墟日。何文英和大伙一起到长台、大桥、贺村、石门等地赶墟。江山位于浙、闽、赣三省交界，玉山、浦城的老百姓也经常会来赶墟，往往一天下来，就能清理掉不少库存。

每到秋末冬初，江山市下路乡（今江山市市区以北）多地盛行过麻糍节。20 世纪 90 年代末，生活条件渐渐好了，吃麻糍的客人们都会带上礼物走亲戚。个体户们看到了商机，便又跑去兜售服装。何文英清晰地记得，有一年大溪滩村的麻糍节，她提早一天就在桥头占据有利位置，搭个篷夫妻俩就驻扎下来了，天一亮便开工。初冬的天气已经非常寒冷，顶着寒风，人冻得像冰棍一样，蜷缩着脖子，一边擦着鼻涕一边大声叫卖。有一次，小偷趁着人多顺手偷了一条羊毛裤就跑，何文英眼尖发现后急忙大声呼叫：“天诛的，抓小偷啊。”围观的群众连忙帮着去抓，后来裤子追回来了，也就作罢了。这时，何文英两眼昏花，摇晃着晕倒了，原来已经 1 点多钟了，丈夫还没送来饭，大家又围过来帮忙。包子店的大娘送过来一个热乎乎的馒头，何文英感激涕零，回赠了一双袜子。

不久，何文英又把隔壁的摊位转了过来，3000 元转入，10000 元转出。何文英这回成了万元户，把家里的三层楼好好装潢了一番。

渐渐地，何文英富起来了，一年下来服装生意居然有十几万元的利润。一个黑色的腰包随时收钱找零，每天打烊前都要去农村合作社排队存入营业款。有时候忙碌起来也会收到假币，她伤心得晚上睡不着觉，于是自备了验钞机。

与时俱进　开动脑筋求创新

2008 年，电商来势凶猛，小商户的生意明显不好做了，“顾客对衣服的质量要求越来越高了，价格也越来越透明了”。有着多年经商经验的何文英，敏锐地感觉到靠粗放式营销已经无法在市场上立足了。何文英把服装店从江山小商品市场的二楼搬到了三楼的精品屋，开始在服务上动脑子，视顾客为朋友，出现质量问题就给换货。进货渠道也从义乌转到了杭州龙翔、四季青服装市场，并开始了品牌代理。如此，生意照样红红火火。

2009 年，何文英花了 30 多万元在城里购买了第一套商品房，跳出了农门，成了真正的城里人。村里的很多邻居也跟着何文英一起开店创业。

2013 年，江山市第三代小商品市场——四季青商贸城开业，占地 8.7 万平方米，是集购物、餐饮、娱乐、培训于一体的城市综合体，环境宽敞明亮、干净整洁、安全舒适。这时候，何文英再次敏锐地觉察到市场和形势的变化，毅然在四季青连租了 3 个店铺。何文英拿着手机晃了晃自豪地笑着说：“如今进货非常方便，可以坐卧铺汽车或高铁，还可以叫供应商快递发货，再也不用大包小包地扛了。付款、收款也仅需一部手机就能搞定，现金都看不到，更不用担心小偷和假币了。”

依托四季青商贸城良好的购物环境，凭借诚实守信的经营理念、物美价廉的商品定位，何文英建立了自己的客户群，生意越做越好。

何文英如今已荣升为奶奶和外婆，白天打理生意，晚上练瑜伽、散步，有时候干脆关了店门一家人出去旅行……她终于迎来了自己的春天。何文英感慨万千：“国家政策好，让我这个不识几个字的乡下人过上了这么好的日子。现在最希望孙辈们努力读书考个好大学，以后的世界是属于有知识的人的。”

何文英和许许多多的个体户一样，风风雨雨 40 多年，经历了冷眼和艰辛，最终靠着自己勤劳的双手和敢拼敢闯的精神，借助祖国改革开放的春风，过上了幸福美满的生活。

木匠人生

侧弯着腰，埋着头，双手紧握刨子，用力向前推，一朵朵刨花弹跳着出来，又飘落在地上，孩子们一朵朵地捡起来，别在头发上、衣服上，打打闹闹地玩耍，木头的清香四溢……

可 20 多岁的徐俊河看着自己已经起泡的双手，怎么也高兴不起来，为了学好刨、劈、凿的基本功，他必须坚持下去。

东家时不时地过来打个招呼，其实是监工，师傅在边上一刻不得闲地忙碌着，做徒弟的根本不敢喊苦喊累，只能像个陀螺一样一刻不停地干活。唯一盼望的是饭点早点来到，一天四餐，东家会象征性地做上些好菜，或者鸡蛋或者猪肉，哪怕是猪肉盖在霉干菜上面做做样子，闻着香，也能解解馋。做师傅的一顿最多也只能伸三次筷子夹荤菜吃，虽然东家很客气地招呼："吃啊吃啊，中间的肉夹去吃。"但手艺人有规矩，徒弟必须吃得比师傅快，师傅会喝点酒解解乏，和东家聊聊天，但很少吃菜。徐俊河匆匆扒完三碗番薯饭后，再也不敢盛第四碗，尽管肚子还没吃饱，在门口稍作休息后，马上开始整理工具，为接下去的工作做好准备。下午会有点心供应，多是汤面或粉干。看着天慢慢黑下来，心情渐渐舒畅起来。晚饭后，回到家里，洗漱完毕，早早地上床睡觉，第二天一早踏着露珠出发到东家，开始新的一天。

这是徐俊河的学徒生活，天亮干活，天黑收工。1937 年，徐俊河出生在江山一个叫新塘坞村的一户贫穷家庭。父亲去世得早，作为家里的长子，小学毕业后徐俊河就跟着母亲在田里干活，靠挣工分养活两个弟弟。20 多岁时，眼看着全家要挨饿了，徐俊河便拜师学木匠。木匠学徒一般要三年才能出师，必须经过长年累月的实践，将各种复杂的榫头、卯眼结构和放样、取料、画线、打眼等工艺了然于胸。但徐俊河天赋异禀，只要看到样品，自己一琢磨就能依样画葫芦制作出来，跟着师傅学了三个月，就开始单干了。

日积月累，农具如犁、耙、水车、木车、独轮车、打稻机、谷扇等，家具如桌子、椅子、衣橱、香几、木箱、木床、木柜等，徐俊河都已经很拿手了。他凭借着高超的技术和优秀的人品，几乎垄断全村的木工活，从盖房子到农具家具的制作、修补，无一不精通，一年到头忙得不亦乐乎。

20 世纪 60 年代至 80 年代，江山农村的房子大多是简单的“两面批”，“四面出水”已经算高难度的了。农村人盖房子选木匠很讲究，手艺不是第一位的，最看重的是人品，要好沟通。有些木匠因为饭菜不好、沟通不畅等原因通过“做恶事”来报复东家，比如在梁上画个小人、滴个血痕……为求平安吉祥，东家都会选择口碑好的木匠造房子，一般一座房子需要45个工时，徐俊河一个人一年最多的时候造过7座新房。

木匠的工钱一天1.5元到1.8元不等，从20世纪50年代到80年代都没怎么涨过，有时候东家还要赊账，都是乡里乡亲的，等到孩子开学前夕实在没办法了，徐俊河才去要债。盖新房子，东家在动工、上梁、归屋仪式时会给木工红包，但这样的收入已经无法维持家庭生活开支。改革开放后，机械化时代到来，木匠逐渐退出历史舞台。20世纪80年代末，徐俊河放弃坚持了三四十年的木匠生涯，不再接活，开始承包山地种黄桃。

如今86岁高龄的徐俊河，腿脚痛风，行动不便，耳朵有点背，但眼神还不错，思维依然敏捷。虽然大斧头已经举不起来了，但家里的工具都保存完好，有时候徐俊河还会重操旧业，修补家里的木锅盖、凳子等。

村里几乎看不到他当年盖的房子了，取而代之的是高楼洋房。但是很多村民的家里，还在用着徐俊河制作的八仙桌、香几、橱柜。徐俊河指着家里的四脚长板凳骄傲地说：“上面坐个人，拖四里地也不散架。”

土根叔卖菜

土根叔是老家灵泉村人。

土根叔大名叫王土根，是个很平凡的人，平凡到很少有人能回忆起他这辈子干过哪怕一件值得一提的好事或坏事。就连左邻右舍专门八卦的妇女在向孩子们介绍土根叔时，想来想去，最后总是那一句“就是那个土根叔嘛”。

土根叔年逾古稀，身材瘦削，皮肤黝黑，耳朵已经有点背。从时代广场购物中心保安岗位退休后，安享晚年，平时爱搓麻将，三缺一的时候，就到处找人凑数，每天搓一通，和吃饭睡觉一样必不可少。

2018 年 3 月，土根叔突然忙碌起来了。

挖地、买苗、种菜、浇水，很快小河边的洼地变得绿油油一片。只因为 5 岁外孙女的一句话：“外公，我最喜欢吃包心菜了，你种给我吃好吗？”想起外孙女勾着他脖子的可爱模样，土根叔就浑身来了力气。

枇杷树

木匠的工具箱

眼瞅着绿色的菜心慢慢地向中间聚拢，卷起的菜叶慢慢厚实，土根叔用手捏捏，有了硬实感后，就割下几个，骑上电瓶车给城里的外孙女送去。外孙女一看到外公就小鸟一样飞扑过去，抱着包心菜就像捧着鲜花一般幸福。圆圆的包心菜绿中透着白，像价值连城的好玉，切成丝，热锅里一炒就熟透了，一会儿一碗包心菜就底朝天了。“外公种的包心菜有点甜，最好吃了。”外孙女开心点赞。

包心菜长得飞快，外孙女每天就算当饭吃，吃两个顶上天了，这样算起来吃上几个月也吃不完，各路亲朋好友左邻右舍该送的也都送了，剩余的土根叔只好拿到菜市场去卖。

从来没做过生意的土根叔，看到熟人，就送一个，秤也不带，两元一个三元一个的，估摸一下就贱卖了，没零钱的也就免收了。他逢人便说：“种出来给外孙女吃的，吃不完才拿来卖的。”到了吃包心菜的季节，一个上午下来，菜是卖了不少，钱却没赚到多少，回到家老太婆埋怨起来，土根叔就笑笑：“有人帮忙吃已经不错啦。”

包心菜越长越大，虫子也越来越多，绿色的虫子就像春蚕一样软绵绵、绿油油的，小的时候细细的，两天就能长成老太婆拜佛的香头那么粗。太阳一落山就跑出来不停地吃，一直吃到天黑。一片片菜叶被啃得到处是破洞，严重的只剩下叶子的脉络，像外孙女的树叶书签一样。土根叔只好不停地掐，掐死一只算一只，天色暗下来，村里的路灯亮起来了，土根叔才不甘心地回家吃晚饭。到了菜场，还是翻来覆去地找，剥掉破洞的叶子，留下完好的菜心拿来卖。偶尔，虫子也捉不干净，有的城里女人看到会吓得尖叫。

虫子越捉越多，包心菜却是越卖越好，这天烟草公司的食堂师傅预定了 50 个。

第二天早上，天还灰蒙蒙的，土根叔就拉着老太婆起床割了 60 个包心菜，雇了一辆三轮车直奔城北临时菜市场，码好菜后，太阳还没出来。土根叔舒了一口气，顾不得吃早饭，就开始找起虫子来。头天晚上去了坛石镇，给 60 岁的妹妹过生日，没时间捉虫子，土根叔想，这回虫子们还不造反啊，得好好捉捉。

奇怪，翻看了两个包心菜只找到一条虫子，继续翻找，还是寥寥无几。怪事，拿到鼻子根嗅嗅，虽然没啥异样，但有多年种田经验的土根叔立即明白是怎么回事了。

后来，土根叔找到菜市场的干部，在他们的帮助下一起把 60 个包心菜全部就地销毁了。

回家后，他没向任何人提及那 60 个包心菜的事，直奔地里拔掉剩余的包心菜，把前来邀功的光棍侄子看得一愣一愣的，原来光棍侄子看到叔叔家的菜爬满了虫子，就给喷了农药。

过了一段时间，土根叔带回来一摞订单，带着光棍侄子还有几个邻居又种起了菜。有空的时候，土根叔还是爱搓麻将，三缺一的时候，还是会到处找人凑数。

养护工老钱

一身橘红，一脸黝黑，一把锄头，这就是养护工人的形象。如果你认为养护工人都是大老粗，浑身的蛮力，没多少文化，那你就大错特错了！

走进江山市峡口公路站，盎然的绿色环绕着黄墙黑瓦的独特建筑，环境优美，花香满园……这里就是养护工人的家了。大门内两侧的宣传橱窗、办公区走廊墙壁的光荣榜、会议室内各类上墙图表和制度，图片清晰，行文规范，用字准确，内容切实，这岂是广告公司能一手制作的？我不由得好奇，很想拜见一下这位“制作人”。

藏在峡口公路站幕后的英雄，叫钱松清，他便是我想拜见的那位“制作人”。

黝黑的皮肤，憔悴的脸庞，朴素的衣着，慈祥的神态，焗油后的头发黑乎乎的，还有些蓬松，腰带上挂着一串钥匙，走起路来叮当响。这样一位大叔，很难把他和文人联系在一起，怎么也得戴副眼镜吧，怎么也该白皙一些吧，怎么也得斯文一点吧。可当你看到这位大叔娴熟地播放PPT，周到地端茶送水，跑进跑出打印资料时，才确信这人是做办公室工作的。

公路站这个行业的工作分为外业和内业两大块。外业就是在室外养护公路，内业则是除外业之外的所有室内的工作。内业管理者是领导的左膀右臂，是上情下达、下情上传的桥梁，其职能涵盖了办公室、人力资源、财务、企业策划、后勤保障、安全管理等，而这些工作都由老钱一个人负责。站里只配备了1个安全员、1个炊事员、1个杂工。而公路站共有38人，内设办公区域、食堂、客房、驾驶员休息室、活动室、阅览室，室外有鱼池、花坛、菜地等，这些都需要老钱安排打理，工作量可想而知。

有人这样形容办公室主任这个角色：铁人——精力旺盛不知疲倦；牛人——啥都会做，做得还要很像样；好人——善于沟通协调，解决矛盾。

事实上，从事文字工作和后勤保障工作的个中艰辛，也只有身在其中的人才能深切体会到。没有轰轰烈烈的事迹，有的只是平凡和琐碎；没有冲锋陷阵的豪迈，有的只是默默无闻的付出。和所有文字工作者一样，面对着一台电脑，虽说不受风吹不经日晒，不是体力活，貌似轻松、舒适，但迎检、招投标、各项考核等工作，都需要安静下来才能完成。白天杂事太多，思路总被打断，总也坐不下来，只有晚上或者休息日，才能安静下来专注地工作，加班加点是家常便饭，通宵达旦也不足为奇。10 年下来，老钱的头发已经花白了。

后勤保障大多是婆婆妈妈的琐事，全体职工的吃喝拉撒，如工资福利统计发放、工程计量等，各项工作都不容忽视。但也难免会出现一些差错，而老钱作为主要管理者，很有担当的意识和勇气，每次都会当仁不让地承担责任；而有关职工的思想问题和矛盾纠纷，作为内当家的老钱总是主动出面协调处理。

老钱 1991 年 12 月参加工作，从事过公路养护、道班工作，辗转于新塘边、大桥、清湖等乡镇，白天奋斗在一线，晚上兼做统计员，那几年的磨炼，练就了老钱扎实的业务能力。2004 年 4 月，峡口公路站成立了江山市万能公路养护工程有限公司，老钱被调任内业工作。此时，摆在老钱面前的有两大难题：公文写作和电脑操作。从没接触过电脑的他开始自学电脑，从打字开始到逐渐熟悉 Word 文档、Excel 表格、PPT 制作等办公软件的操作，同时从最简单的“通知”开始锻炼公文写作能力。功夫不负有心人，原本只会拿扫把握锄头的双手，如今已经能在键盘上自由飞舞，这个“门外汉”已经变成了“土专家”，也许会令文秘专业的高才生汗颜哩。2005 年，老钱通过学习取得财务管理大专文凭。凭借扎实的业务基础、用心负责的态度，老钱硬是把这些繁杂而琐碎的工作做成了浙江省内业管理的表率，来峡口公路站参观学习的单位越来越多，连全省的工程建设现场会也在这里召开。

说到老钱，同事们都赞不绝口，都说他是大家的保姆，非常贴心。站长徐东辉更是感激不尽：“老钱总是把荣誉让给别人，为人低调，任劳任怨、默默无闻地工作着。”如果说保姆照顾大家的生活是理所当然的事，那么关注大家精神世界的保姆却极为少见。老钱就是这样一位令人肃然起敬的好保姆。

别看峡口公路站小，却有一个图书室。而为了筹建这个图书室，老钱可谓煞费苦心。

首先要考虑什么样的书才是大家所需要的精神食粮。老钱想到：第一，公路管理专业方面的书籍，任何工作都需要专业理论的指导，学习新技术、新方法才能提高工作效率；第二，励志类的书，单一的重体力劳动，日复一日、年复一年的风吹日晒，总有发牢骚、意志动摇的时候，这个时候就需要抚慰心灵的书籍；第三，弘扬中国传统文化的书和世界名著，能陶冶情操，开阔视野。

接下来，一向精打细算的老钱面临的问题是到哪儿买实惠。新华书店的书价格高，对口的又少。老钱想到了互联网，一有空闲，他就上网找书，比价下单，历时 3 个多月，终于选到了 2000 多册图书，包括公路养护专业技术、励志类、国学、中外名著、养生类、电脑学习资料、党刊等，打造出全公路段藏书最多的图书室。

走进图书室旁的阅览室，安静舒适，一尘不染，“学海无涯”的牌匾挂在墙上，创造出宁静温馨的读书氛围。员工们劳累了一天，傍晚回来后，抖落一身的泥土，冲洗干净吃好饭，然后三三两两地来到阅览室，泡一杯绿茶，翻开书本，沉浸于书香中……

在公路战线上坚守了32年的钱松清，看到同事们能安心地工作和学习，感到无限欣慰。他说，自己为外业的同事们做好服务是天经地义的，唯有做到全心全力他才能安心。每当辖区的公路发生险情，他那双敲键盘的手，又会义无反顾地拿起锄头、铁锹，穿上一身橘红的服装，和同事们一起投入抢险清障的战斗中。

仙儿的笑脸

每次我逛小商品市场，都会去角落里的裁缝铺看看，确切地说是补衣店，那儿一般挂着一个“剪裤边、换拉链”的小牌子。但谁也不敢小瞧这样的小店，店里每天熙熙攘攘的，大家排着队，态度谦和地请求“立等可取”。我喜欢进去凑热闹，里面有缝纫机和各种布料。埋头忙碌的店主阿姨一边抬头和客人打招呼，一边用牙齿咬着最后一根线头……

这样的情景，总让我想起仙儿和她的裁缝店。

20 多年前，因为参加同学的婚礼需要一件像样的出客衣，好朋友推荐了一个叫仙儿的裁缝，说是从广东服装厂回来的，手艺了得。

于是我在朋友的带领下第一次走进仙儿的裁缝店。见朋友来，仙儿马上放下手里的衣服，站了起来说：“今天有空啊！”她笑着，露出洁白的牙齿，一双清澈明亮的大眼睛，一张白皙柔和的脸，一条乌黑的马尾辫高高扎起。仙儿的笑，是微笑，纯纯的，甜甜的，让人觉得亲近，我一眼就喜欢上了这个大姐。

听我说要做衣服，仙儿便拿出几本图册供我挑选，在我选中的几款中，又耐心地帮我作了修改。因为没有布料，她又陪我到江山百货大楼选了毛呢料，这在当年算得上很奢侈了。

5天后，我的大衣就做好了，穿上它暖暖的，美美的，很神气，很时尚，也是我当时最高档的一件衣服了。仙儿居然不收我工钱，她说好朋友来做衣服，第一次都不收钱的。当时这样的大衣做工最少也要70元，那时一斤猪肉才5块钱。

我是她朋友的朋友，她也当我是朋友了！

仙儿的店很小，在云滨路原教委边上的那条小弄里，也就十几个平方米，中间用三合板隔开，前半截做生意，后半截睡觉、做饭。仙儿一个人吃饭就端个饭碗，锅里的菜都不用装盘。有客人时，大家就挤到外间，一起紧紧围着缝纫机上的几盘菜。天气好的时候，可以支起个折叠小方桌，在门口枇杷树下热热闹闹地开吃。仙儿呢，里外忙碌，她什么时候吃的饭我们都不知道。一台缝纫机，一面裁剪案板，就占去了小店四分之一面积，上面摆放着长尺、卷尺、本子等。案板下面堆着做衣服必备的零料和配件，墙壁上挂满做出来的各式各样的衣服。小店虽然狭小、简陋，却被仙儿收拾得非常整洁。门口的两只大破瓷盘里，从来不会空着，种着绿色的葱和蒜、紫色的紫苏。

其实做衣服是个很烦琐的过程，从量体、排料、剪裁、锁边，到配零料、烫粘合衬、合缝，再到上领、掏兜、收省、上拉链，可谓千头万绪。做成后，还有没完没了的手工：开扣眼、钉扣子、缝垫肩等，做完手工，还要整熨、定形。这还没完，还得穿在身上，看看下摆起不起翘、扭不扭边，前后片齐不齐。直到一点毛病都没有的时候，最后细心清理线头。缝纫机有油，浅色的衣服还得洗干净，那些薄柔的料子裁剪之前，还得先用和了面粉的水浆一下，晾干变得挺括后再排料、剪裁。就这样，从一块布料到一件衣服，耗的不仅是人的体力，还有精力。

就这样一针一线，从早晨到深夜，从年头到年尾，看上去轻巧，其实很累人。仙儿一个人白天忙着招呼一个又一个客人，晚上才能安静下来好好地制作。很多客人急着穿的，仙儿就通宵达旦地加班。夏天点个蚊香，热得汗流浃背，熬不住了就起身洗把脸，擦干手，摇两下麦秆扇；冬天更难挨，戴个露指的毛线手套，还是长出了冻疮，不停地搓手哈气。我却从来没听她说过一个累字，脸上依旧笑盈盈的。

后来我经常给她介绍客人，仙儿的工钱收得都很低，她说："我们山里人不会杀人家猪。"她的店总是门庭若市，女人们总是叽叽喳喳地挤进她的店，不做衣服的也过来瞅一瞅，看看有没有新进的布料，有没有流行的款式。热闹的谈笑声一波波的，不会停歇。顾客里面有不少花枝招展的城里姑娘，面对各种挑剔，仙儿不卑不亢，一如既往地热情友善。仙儿之所以受人欢迎，我想不仅仅因为手艺好、价格低，更重要的是她友善、耐心、真诚，邻居们缝缝补补的活，她总是不厌其烦地接下，从不收钱。

不知不觉，我们成了好朋友。我三天两头往她店里跑，和她聊天，帮她接待客户，看到她笑脸里的轻松和满足，我也非常享受。我经常在她家里蹭饭，记得有一个冬天的夜晚，屋外寒风呼啸，门口的枇杷树在蒙着雾气的玻璃窗外剧烈晃动，门被“啪啪”地吹打着。屋内却温暖得让人沉醉：锅里炖着猪骨头和白萝卜，“咕嘟咕嘟”，溢出的香气一波接一波。我们两个女人围着锅吃饭，热气腾腾的。后来仙儿善解人意地说：“今天你陪我睡吧，反正我一个人没伴。”吃好后，仙儿又忙碌起来，我帮忙做些杂活。后来我睡了，她还在踩着缝纫机，“啪嗒啪嗒”地度过漫长的冬夜，当仙儿的牙齿轻轻咬断最后一根线头时，天已蒙蒙亮。

有时候我也很奇怪，如此艰苦的生活，为什么仙儿总是笑呵呵的呢？后来，我慢慢地了解了她的故事。

仙儿出生在江山廿八都镇的一个深山老林里，初中毕业后，白天跟着乐观慈爱的父母干活，晚上跟着村里最厉害的裁缝学手艺。后来因为家境贫困，仙儿只身一人跑到广东的一个服装厂打工，当时她的未婚夫建在江山城里开面包车。几年后，两地分居的爱情遇到了挑战。远在广东的仙儿知道消息后，毅然辞去工作赶了回来。当时她已经是厂里的车间主任，领导说她坚持下去会有很好的前途。

仙儿回到建的身边，租了店面，开起了裁缝店。没有半句指责，没有一哭二闹三上吊，更没向双方父母提及此事，所有的委屈和痛苦仙儿都装进自己的肚子里。她依旧微笑着，更体贴更细心地照顾建，知道建开车很辛苦，每次回家，不管多晚，锅里总是炖个鸡蛋。

仙儿后来跟我说，两个人的感情，就像这衣服，一针一线好不容易才做成的，不是说拆就能轻易拆掉的。她很珍惜这段从小到大慢慢成长起来的感情。

正是她的宽容、理解和智慧，让他们的日子越过越好。大家都羡慕建“家有仙妻”，而建也最爱仙儿的善良和笑容，说她是好女人，是男人一辈子都愿意疼爱的女人。

仙儿认为，只要两个人感情好，再苦再累都是幸福的。

仙儿的裁缝店开了五年，那是他们第一次共同创业的五年。后来两人开了土特产商店，生了个儿子。前几年他们全家从山里搬到峡口镇，造了别墅。后来又办了木材加工厂，仙儿一直陪伴在建的左右，两人同甘共苦，相濡以沫。

因为离得远了，我们只是偶尔通通电话，但还是和当初一样，电话那头总是她温柔的笑声，我仿佛又看到她那张笑脸。

当我再次遇到仙儿，已经是十多年后。仙儿瘦了很多，尽管眼角有了深深的皱纹，但是眼睛里流露着幸福，见到我还是盈盈地笑着。旁边站着同样笑盈盈的建。他们的木材加工厂业务繁忙，丈夫忙不过来，她这个老板娘就兼任了财务，有时还是大货车司机。我悄悄问仙儿：“这么辛苦，你现在幸福吗？”

她说："一直很幸福呢，我每天早上不用烧早饭，很晚才起床，建也不会说我什么。"

在仙儿的世界里，幸福就是如此简单！我也相信她会永远幸福下去。

温暖的乡村巴士

或许是因为出生在农村，我虽然做了 10 多年的城里人，对乡下却总有着难以割舍的情结，甚至连乡村巴士也觉得比城里的更温暖更亲切些。

这些年，“村村通”缩短了城乡之间的距离，水泥路上奔驰的便捷巴士使得乡下人进城就像进自家菜园一样方便。

从小学到初中我都是走路上学的，直到高中才见过客车。每次骑着父亲的旧自行车，沿着坑坑洼洼的泥路颠簸两小时才能赶到学校，于是特别羡慕城里的同学，梦想着有一天也可以和他们一样坐着长长的大客车去上学。然而一角五分钱一张票在当年对于我们的家庭来说，是很奢侈的，因此这个愿望高中三年都没能实现。如今，绝大多数乡村都有整洁、舒适、宽敞的巴士，每天长长的巴士行驶在乡间的水泥大道上，成了乡村一道亮丽的风景线。

在乡村，走出家门就是站牌，坐在车上打个小盹或者聊聊家常，说说笑笑中就来到了城里，下车后换乘城市公交车，一块钱硬币“哐当”一声投下去，想到哪就到哪。

因为我去碗窑要坐105路车，渐渐地便喜欢上了这路公交车。只要我的目的地在它的线路范围之内，我都会选择这路车。走出家门来到站牌下，等105路车缓缓地出现在眼前，前后门迅速打开，驾驶员会耐心地提醒“让老年人先上啊”，年轻人便自觉地站在一旁，有的还会主动扶老人上车。车内有售票员卖票，动作娴熟，一个不落，一边卖票一边聊着家常，仿佛上车的都是老朋友。

“大爷，今天的鸡蛋卖得怎样啊？”

“张大妈，这件衣服又是城里媳妇给您买的吧，真洋气！”

“小丫，放学了！小心点，快坐到椅子上去啊。”

……

大伙儿聊着家长里短，脸上洋溢着幸福的笑容。人们喜欢这样其乐融融的氛围，仿佛晚饭后左邻右舍围坐在门前的石凳上唠嗑……

有时候，车辆停下，有老婆婆直接从后门上车，却听不到售票员或驾驶员的责怪，这样的“坐视不管”不正是人性的体现吗？也有老大爷径自从前门下车，驾驶员会喊“让大爷先下”，也没有人会责怪驾驶员的“独断专行”。“下次记得从前门上后门下啊！”售票员友善的提醒随之而来。谁说遵守规定就可以不顾及老人的感受？

这样的氛围其实正是乡村巴士的一个特色。一句句问候，一张张笑脸，一次次帮助，一回回理解，使乡村巴士变得更温暖更亲切。我独爱105路车，这条路线的乘客已经不全是本地人，更多的是游玩月亮湖品尝“农家乐”的游客。远在福建的姑妈最近回老家，也坐上了105路巴士。她说：“没想到5年没回江山，连公交车都变得和大城市一样了，特别是这种轻松而热闹的氛围，感觉很亲切。”

我常常在晚饭后独自游荡在喧嚣的街道上，忽然面前停下一辆巴士。“要上车吗？”售票员探头一问，我不假思索便上车了。令人惊喜的是，踏上的总是105路车。进入车厢，清静与我相伴，舒适让我陶醉，那是一种归家的温馨感觉。我最喜欢挑一个靠近窗口的座位坐下，让夕阳的余晖透过窗帘的缝隙洒在身上，感受微风送来的丝丝清凉。巴士渐渐驶出江城，高大的虎山渐渐远去，风变得凉爽了，窗外整齐的行道树连同田野上的那片绿色在身边闪过、后退、模糊、消失，眼前又不断出现河流、青山、楼房……

25分钟便到了终点站，站在大桥上，看天色渐暗，农家乐的招牌亮起，微风吹动我的衣角，在天然氧吧中尽情呼吸后，我微笑，转身，又踏上回程的巴士，从终点回到起点，心已经变得宁静、平和、放松。

好邻居

对于江城，我这个来自农村的人是越来越喜欢了，不仅因为她景色优美，环境幽雅，城市品位日益提升，更重要的是我所住的小区，虽然没有物业公司，却有一帮好邻居。

清早起床出门，迎来的是邻居们友好的笑容和温暖的问候。“早啊！”虽然简单，却那么亲切，足以带给我一天的好心情。

给小区带来欢乐温馨的主要是那些家庭主妇们。对家庭主妇这个称谓，我总觉得在英语中的解释更为优美一些——“the mistress of a family”，因为我对她们无比尊敬。

这是一群怎样的女人？

我们小区的家庭主妇们大部分来自农村，却绝不是整天穿着睡衣、趿拉着拖鞋、蓬头垢面的形象，她们个个穿戴整齐，神采飞扬。女人们早早起床，有的三五成群去跳晨舞；有的到须江边洗衣服；有的做好早餐，送孩子们上学后，到菜场买菜，回来后，便在一楼的裁缝店门口围坐着，有的择菜，有的做着来料加工，谈天声和欢笑声给这个楼道增添了许多生气。她们交流教育孩子的经验，分享菜肴的制作诀窍，也聊国家大事和江山的新闻。如果是冬季的下午，女人们会结伴去爬附近的西山。

下班回家，走进小区，迎面而来的是邻居们的问候：“下班了！”“这么迟回来，真辛苦啊！”有时候会有人提醒：“今天你家的防盗门都没关呢，已经给你关上了，检查一下有没有丢东西啊！”“今天买菜了吗？我有只大冬瓜，分一块给你吧。”……

小区很多邻居的老家在农村，老家来客人了，只要到了我们小区，不怕找不到门，先到裁缝店坐坐，等不到主人回来，女人们会帮忙打电话甚至留客人们吃便饭。有些客人匆匆走了，那么留下来的土特产一定会完好无损地交到主人手里。徐大伯第一次大老远从常山过来，儿子儿媳都上班了，女人们热情地接待了他，他感慨万千：“我印象中城里人架子都是很大的，没想到这么客气！”后来他每次带胡柚过来，总要分些给邻居们吃。

有老人家里电灯坏了，马上会传来女人们的呼唤声：“谁会修电灯啊？出来帮忙了！”那些会修电灯的男人们便从家里跑出来。有时候你出门忘带车钥匙了，如果正好有没上锁的车，你和边上邻居打声招呼骑走便是了，他们不会有半句埋怨的。

晚饭后是小区一天中最热闹的时候，许女士教大家跳舞；祝女士给女人们设计服装；有的四个一组在路灯下打牌；男人们在谈天说地；孩子们在溜冰，即使家长不在旁边，邻居们也会不时照看着……俨然一个大家庭。这难道不是人间最温馨最美丽的风景吗？

女人们叫得出小区里每个人的名字，知道大家的工作单位，甚至是电话号码。记得汶川地震后的一天，我刚下班经过一楼裁缝店，几个女人把我叫住："你捐款了吗？"原来这些热心的女人们在自发地发动大家捐款呢！"有单位的在单位捐，没单位的到市政府门口去捐，也可以到社区捐款。"她们这样宣传着。

在小区已经住了8年，先生总想搬到郊区的新房子里住，可是我不愿搬家，因为我离不开这帮好邻居。

你看，下雨了，女人们打着伞，卷着裤腿，接着管道里的水，又开始清洗楼道了……

后记：感恩遇见

小时候最喜欢看父亲为村民写字。只见他摊开便笺，左手抚压着，右手挥笔，没有停顿，没有修改，一气呵成，写好后再看一眼，从容撕下，“这个拿去……”村民们双手接过，鞠躬道谢。父亲只念过一个学期的书便辍学了，但他的应用文写作能力在四乡八邻都是有些名气的。

远在福建三明市的姑父姓余，是当地日报社的知名记者，也是我们家族最有文化的人。他经常和父亲通信，总是洋洋洒洒写上好几页。后来寄回老家一本书叫《缱绻录》，封面上写着：“余绍诗著”。

姐姐的作文本保存得很好，不仅字写得端正，文章也漂亮，小学时我经常拿来拜读。

三位亲人做出的榜样，对我幼小的心灵是颇有触动的。

高中时，我遇到了恩师王石良老师。他是文学爱好者，经常在课堂上朗诵自己写的诗歌、小说和散文。在他的影响下，当时就有好几位同学的作文发表在《江山报》上。我也结识了一批爱好文学的校友，我们成了江山四中航江文学社的骨干成员，我也有幸出任了第二任社长。记得有一年运动会，我一天在黑板报上写了三篇文章，看着密密麻麻的人群在认真阅读并交相称赞时，我的虚荣心第一次得到了极大的满足。

大学时期，我自学了“应用文写作”课程。走上社会后，我从事的工作也都和文字密切相关。或者说，是文字为我营造了工作环境。

真正开始文学创作，是在2007年4月。当时我刚刚入职浙江恒泰房地产开发有限公司，公司办的《恒泰事业报》有文学专栏。在同事郑芳君的鼓励下，我开始尝试写散文，第一篇《艾香飘远清明粿》即被采用，当时体会到了什么叫心花怒放。后来，每一期都有我的文章。渐渐地，我们俩“承包”了文学版。芳君的《一年又一年》《上海印象》等美文，都是我学习的范文。我们互相鼓励，坚持创作，后来不断有同事加入创作队伍。那些年，业主们对企业报评价颇高。我的文章陆续在《今日江山》发表。对于“文学青年”来说，自己的文章变成了报纸上的铅字，还会收到一张张稿酬单，那种快乐简直是无与伦比的。

我和恩师王石良也成了文友，后来又遇到了一批志同道合的新朋友，有蔡恭、严莹燕、王光继、毛建新、赵晖、毛卓兴、肖梁、陈炜、唐晋枫、曾建明和喻坤等，他们都给予我许多鼓励和指导。后来我主编了《江山市食品流通行业报》《驰骋简报》，与文字结下了更深的缘分。

刚开始只想通过文字记录日常生活，后来就变成了一种生活方式。写着写着，我发现写作其实是一种自我救赎，生活有些时候是一地鸡毛，但文字是一味良药，能带来力量，如同球迷们迷恋世界杯一样。这项赛事不仅记录了球星们的奋斗故事，而且寄托了平凡人的英雄梦想。文字于我，也是如此。

幸运的是，2021 年，在江山市文联党组书记李治本和江山市作协主席周建新的介绍下，我结识了常山籍作家周华诚老师。他的散文灵动优美，构思巧妙，不知不觉我就成了“诚粉”。他的“常山三部曲”(《陪花再坐一会儿》《陪花再醉一会儿》《陪花再睡一会儿》）面世时，我更是佩服得五体投地。一个作家，用手中的笔宣传歌颂家乡，是对家乡表达感情的最好方式。

没想到的是，我先生和周华诚老师竟然是同村老乡。他老家的牛曾经吃了周老师家的秧苗，那是研究所试种的秧苗，直接经济损失 1 万多元。后来才知道，周爸爸只收了 4000 元，后来又退还了 2000 元。这事过去很多年了，我却是最近和周老师聊天时才知道的。

一直想着，条件成熟时自己也能出一本书。2022 年 4 月，我一边工作一边夜以继日地整理书稿，越整理越不自信，总觉得不完美，甚至想过放弃。幸好有周华诚老师的指导和鼓励，我对书稿进行了大刀阔斧的删减，去粗存精，雕琢润色，才确定了书稿现在的模样。

在本书出版之际，我还要感谢我的女儿，她为本书绘制了插画。在一个个平凡的日子里，最支持激励我写作的，就是我家两位姓徐的亲人。感谢他们这一路的温暖相伴，让我在繁忙的工作之余，还有安逸自由的创作空间。

感恩所有的遇见，文学的种子从播种到萌芽，再到如今的蓬勃成长，都充满了感动和美好，感谢身边所有关心爱护我的人。

我从来都没想过，自己的文学之路究竟能走多远，但这个过程已经让我感觉很快乐了，我想这就够了。

王文英

2023 年 1 月 13 日